中公文庫

夢幻（下）

上田秀人

中央公論新社

目次

夢幻

（下）

第二部　「幻の天下」織田信長

序章

夢は儚《はかな》い。

幻のように潰《つい》え、思わぬ形で叶《かな》う。

運命に翻弄された夢こそ現実であった。

「……騒々しい。なにごとぞ」

遅くまで続いた茶会を終え、疲れ果てて眠っていた織田《おだ》前右大将《さきのうだいしょう》信長《のぶなが》が目覚めた。

「お待ちを」

宿直《とのい》番の森坊丸《もりぼうまる》が駆けていった。

本来なら宿直番は、他の者に信長の命を申し伝え、己はそのまま警固のため待機すべき役だが、主君の短気を知っている森坊丸は、わずかな手間も惜しんで自ら確認に走ったのだ。

「京へ来て浮かれたか」

安土《あづち》城下の発展はめざましいが、まだ京や大坂には及ばず、遊ぶところも少ない。

信長に従う近習《きんじゅ》、馬廻《うままわ》りといった側近でも、京へ来たとなれば抜け遊びをし、夜中に酔っ払って戻ってくることもあった。

「叱らねばならぬ」

「上様、む、謀叛《むほん》にございまする」

呟《つぶや》いた信長に、あわてて戻ってきた森坊丸が震えながら報告した。

「謀叛だと。誰じゃ」

「水色桔梗《ききょう》の旗印が見えまする。惟任日向守《これとうひゅうがのかみ》さまかと」

「……きんか頭め。人がましい身にしてやった恩を忘れおって……」

敵が惟任日向守こと明智光秀《あけちみつひで》と知った信長が憤怒《ふんど》した。

「弓を持て」

信長は戦《いくさ》上手なだけではなく、武芸にも秀でていた。本能寺《ほんのうじ》の塀をこえてくる雑《ぞう》兵《ひょう》を相当数片付けたが、多勢に無勢、ついに矢尽き、刀折れた。

「介錯《かいしゃく》いたせ」

信長は自害すべく、本堂の奥へと入った。

「吾《わ》が命はここで終わるが、織田の家は続く。父の夢、天下布武《ふぶ》を頼んだぞ、菅九《かんく》郎《ろう》」

腹に刀を突き立てながら、信長は後事を嫡男織田左近衛中将《さこんえのちゅうじょう》信忠《のぶただ》に託した。

天正《てんしょう》十年（一五八二）六月二日、天下統一を前にして織田信長の命運は尽きた。享年四十九、人間《じんかん》五十年まであと少しであった。

第一章　夢の始まり

一

織田信長は、天文《てんぶん》三年（一五三四）、尾張《おわり》下四郡を支配する守護代織田大和守《やまとのかみ》家の奉行織田弾正忠《だんじょうのちゅう》信秀《のぶひで》の三男として生まれた。

正室腹であったことで、庶兄二人を差し置いて嫡男となった。

父信秀は下克上をおこない、尾張の西半分を手にした一代の傑物であったが、嫡男信長は落ち着きのないうつけ者と酷評されていた。

東奔西走していた信秀は、嫡男の評判が悪いのを危惧し、己以外の後ろ盾をと考え、隣国美濃《みの》の大名斎藤道三《さいとうどうさん》の娘を信長の正室として迎えたが、それでも状況は好転しなかった。

天文二十一年（一五五二）、信長のことを気にかけながら信秀は死んだ。

偉大なる父を失って家督を継いだ後も、信長の行跡はあらたまらなかった。

父の葬儀で身形《みなり》も整えず、焼香の決まりさえも守らない、片肌脱ぎで城下を徘徊《はいかい》するなどの行動に、配下の部将たちも眉《まゆ》をひそめた。

「よき女《おなご》よな」

四面楚歌《しめんそか》に近いなか、信長は付き合いのある馬借《ばしゃく》の頭生駒家宗《いこまいえむね》の長女吉乃《きつの》を妾《めかけ》とした。

吉乃は信長より六歳年長で、一度美濃の豪族土田《どた》氏へ嫁いだが、夫の討ち死にに伴って実家へ戻ってきていた。その美貌に信長は目をつけたのである。

とはいえ、信長は父信秀の死から四年、まだまだ家中を掌握しきれておらず、吉乃を清須《きよす》城へと迎え入れることができなかった。

また、正室にいまだ子がなく、側室や妾を設けるのは、美濃の斎藤家への気配りからも控えるべきであった。

斎藤道三と織田信秀が結んだのは、両家の同盟であり、ただ娘と信長の婚姻ではない。

織田家と斎藤家が手を携え続けるには、娘と信長のあいだに生まれた子供が、嫡男とならなければならなかったからである。

だが、どうあれ、男女の仲が重なれば、当然のことながら子ができる。

弘治《こうじ》二年（一五五六）、吉乃が懐妊した。

男というものは、閨《ねや》を共にした女が子を孕《はら》んだことを喜ぶ。

それが戦国武将となれば、跡継ぎができたかと一層歓喜する。

なれど、織田上総介《かずさのすけ》信長の場合は、素直に喜べなかった。正室称して鷺山《さぎやま》殿が婚姻以来七年になるというのに、未《いま》だ懐妊の徴候すら見せなかったからである。

やむを得ず、信長は吉乃の懐妊を秘した。

だが、それどころではなくなった。

弘治二年四月、美濃で騒乱が起こったのだ。

信長の舅《しゅうと》斎藤道三と家督を譲られた嫡男斎藤義龍《よしたつ》の間が決裂、戦になった。

「舅どのを救う」

大急ぎで信長は兵をまとめ、斎藤道三を扶《たす》けるために美濃へ向かったが、間に合わなかった。

「美濃は、婿どのに託す」

長良《ながら》川で討ち死にした斎藤道三は、美濃の国を信長に譲るとの書状を遺《のこ》した。

「岳父を救えなんだは無念なれど、これで名分ができた」

信長は斎藤道三の遺言を手に、美濃侵攻を誓った。

斎藤道三の死は、美濃を譲るという名分と引き換えに信長の後ろ盾がなくなったことも意味した。

「上総介どのに任せていては、織田家は滅びる」

八月、織田家の重臣で信長の弟信行《のぶゆき》に近い林《はやし》美作守《みまさかのかみ》通具《みちとも》、柴田《しばた》勝家《かついえ》らが、末森《すえもり》城で挙兵した。

「未だわからぬか。父上が家督を譲ったのは吾《われ》であるぞ」

信長はただちに出陣、清須《きよす》城を目指していた信行軍と於多井《おたい》川の東岸で衝突した。

当初は七百ほどの信長側に比して、一千七百と数に優《まさ》る信行側が優勢であった。

「謀叛人どもめが、天罰を怖れぬか」

自ら陣頭に立ち、一喝する信長に怖《お》じ気《け》づいた信行方が潰走、情勢は一気に逆転した。

信行方の林美作守は討ち取られ、柴田勝家は敗走し、戦いは信長の勝利となった。

戦いに負けて末森城へ逃げこんだ弟織田信行を信長は許した。

「助けてやってたもれ」

信長と信行の生母土田御前の願いがあったからである。

「次はない」

しっかりと信長は弟に釘《くぎ》を刺した。

そこへ吉報が届けられた。

「男子《おのこ》ご出産」

愛妾の吉乃が男子を産んだのである。

「そうか、男を産んだか。それは重畳《ちょうじょう》である」

喜んだ信長はすぐさま清須城の北に位置する生駒屋敷へと馬を走らせた。

「よくぞいたした」

産屋《うぶや》で休んでいる吉乃を信長はねぎらった。

「お殿さま」

妾はあくまでも奉公人でしかない。信長の訪問を横たわったまま迎えるわけにはいかなかった。

「そのままでよい。許す」

身体《からだ》を起こそうとする吉乃を信長が制した。

「……これが赤子か」

吉乃の隣に寝ている赤子の顔を覗《のぞ》きこんだ信長が、なんともいいがたい顔をした。

「なんとも奇妙なものじゃ」

生まれたての赤子では、目鼻立ちがはっきりせず、目が開いているのかどうかもわからない。

信長は赤子に興味を持った。

「よし、この子の名前は、奇妙丸《きみょうまる》じゃ」

「…………」

なんともいえぬ名付けをした信長に、吉乃は困ったような笑顔を向けた。

「健やかに育てよ」

信長は奇妙丸の乳母《めのと》として、津島《つしま》の牢人滝川《たきがわ》左近《さこん》一益《かずます》の縁者、桂《かつら》をあてた。

津島は伊勢《いせ》湾の交易の要《かなめ》となる港であり、織田信秀が支配して以来、その経済力で、織田弾正忠家の躍進を支えてきた。

信長は嫡男の乳母を津島から迎えることで、この要地とのつながりをより強固なものにしようとしたのである。

織田家に跡継ぎとなる男子が生まれたとの噂《うわさ》はあっという間に広まった。

「これでお家も安泰じゃ」

「めでたい、めでたい」

喜ぶ者もいたが、そうではない者のほうが多かった。

「面倒な」

「正嫡ではないとしても、織田の勢力がこのまま伸びるのはよろしくない」

うつけと言われるほど奇行の多い織田信長を嫌っている信行方の宿老林秀貞《ひでさだ》などは、信行の家督継承が危うくなったことを危惧し、美濃の斎藤義龍などは、信長の子ができたことで、お家騒動が起こりにくくなったことを無念がった。

「生まれし赤子を妾《わらわ》の子にいたしたい」

斎藤道三の娘で信長の正室鷺山殿が夫に申し出た。

すでに信長と婚姻して七年以上になるが、未だ鷺山殿には懐妊の気配もなかった。

また、鷺山殿は、己を権威づけていた美濃の斎藤家が、信長の敵になったため立場が下落したとわかっていた。それを理解した鷺山殿は織田家の嫡男の養母という地位を求めたのであった。

「よろしかろう」

信長がその願いを認めた。

いかに生母とはいえ、妾は正室より地位が低い。吉乃にそれを拒むことはできず、嫡男奇妙丸は、時機を見て生駒屋敷から、清須城へと移されることになった。

「我慢いたせ」

「承知いたしておりまする」

信長の慰めに吉乃は涙ぐんだ。

一度嫁したが死別した吉乃にとって、奇妙丸は初めての子供であった。それが手元から奪われる。女としてこれほど辛《つら》いこともないが、正室の養子となれば、奇妙丸の立場は強固なものになる。

吉乃は泣く泣く奇妙丸を手元から離した。

「清須へ入れたか」

奇妙丸が織田家の世継ぎとしての地固めをしたことが、織田信行を担いで信長を追い落とそうとした連中の危機感を煽《あお》った。

先年、当主である信長に逆らって兵をあげて負け、今後は二心を抱かず、忠誠を誓いますと約束したことなど忘れ果て、ふたたび林秀貞ら信行付きの家臣たちが謀叛を企んだ。

「ご注進……」

しかし、ことは内部から漏れた。

かつては信行に従い、信長と直接戦った柴田権六《ごんろく》勝家が密告したのである。

柴田勝家は、実際に戦ったことで信長の非凡な才能に気づき、以降心酔していた。

「次はないと言ったはずだぞ、勘十郎《かんじゅうろう》」

信長がため息を吐《つ》いた。

勘十郎とは信行の通り名である。

「ようやく尾張をまとめる未来《さき》が見えてきたときに、家中で割れるわけにはいかぬ。権六」

「はっ」

信長に声をかけられた柴田勝家がかしこまった。

「余は病になる。それも重篤な病にな」

「……承知いたしましてございまする」

戦上手として他国にもその名を知られる柴田勝家は、それにふさわしい知恵も持っている。

「お見舞いを勘十郎さまに勧めましょう。まだまだ挙兵の準備は整っておりませぬ。そのときを稼ぐためと申しあげれば……」

「…………」

最後までは言わなかった柴田勝家に、信長は無言で応じた。

「病なれば、出歩けぬの」

信長は城の奥へと入り浸り、ようやく一人歩きをするようになった奇妙丸と遊んだ。

「そうじゃ、ここまで来るがよい」

「殿、あまり無茶を仰せられては……」

かなり遠くから奇妙丸を呼ぶ信長を、無茶を言わないで欲しいと乳母の桂が諫《いさ》めた。

「武将の子ぞ。それくらいできて当然じゃ」

信長は周囲のあきれ顔を気にせず、奇妙丸の相手を続けた。

永禄《えいろく》元年（一五五八）、織田信長は奇妙丸に続く、次男、三男を得ていた。

奇妙丸と同じく吉乃が生んだ次男を茶筅丸《ちゃせんまる》、北伊勢の豪族坂《さか》氏の娘との間にできた三男を三七《さんしち》と名付けたが、清須城へは入れていなかった。

「清須が分かれてはたまらぬ」

弟信行との軋轢《あつれき》は、父信秀の対応が原因だと信長は考えていた。

信長と信行はどちらも、信秀の正室土田御前の子である。つまり血筋には優劣がなく、ただどちらが先に生まれたかという差しかなかった。

長幼の序は古来尊ばれてきたが、力なき者は淘汰《とうた》される戦国乱世で、秩序などは二の次でしかなく、能力のある者でなければ生き残ってはいけない。

その点でいけば、信長は話にならなかった。

学ぶべきを学ばず、異装で出歩く、その辺の破落戸《ごろつき》をまとめて徒党を組む。とても大名の子供のすることではなかった。

対して、信行はおとなしく、周囲の言うことをよく聞く。

このどちらが傀儡《かいらい》にふさわしいか。譜代の家臣にしてみれば、なにをしでかすかわからない主君より、意見を受け入れてくれる主君がありがたい。

しかもその二人は、正統性において同格となれば、信行に勢力が傾くのは当然といえた。

信長の自業自得の部分もあるが、どこの大名家でもあり得るお家騒動が起こって、織田家の足を引っ張っている。

兄弟で争うという痛い思いをしている信長は、奇妙丸とその他の子供の間に明確な線を引いた。

「今後は、室との養子をさせぬ」

信長は住む場所以外でも、格差をつけた。奇妙丸には許した正室鷺山殿との養子縁組を拒んだのだ。

そこまで家中に気を遣っていたところに、信行の謀叛である。信長は怒りより情けなさを感じ、打ちひしがれた。

二

永禄元年冬、信長の病はかなり重篤だという噂が尾張に流れた。

「見舞いに行かれませ」

「危ないだろう」

織田武蔵守《むさしのかみ》信行の居城では、柴田勝家と林秀貞との議論が何度も交わされていた。

「…………」

信行は同席していても口を挟まない。重臣たちの決定に従うと決めているからであった。

「もし、清須城でなにかあったらいかがする」

「それを怖れていて、どうして織田の棟梁《とうりょう》たり得ましょう。虎穴《こけつ》に入らずんば虎子《こじ》を得ずとも言いまする」

「上総介が病に伏しているならば、今こそ好機である。稲葉山《いなばやま》城の斎藤家からも助力の申し出があったではないか」

柴田勝家の論に林秀貞が言い返した。

斎藤道三を誅《ちゅう》した斎藤義龍は、信長の野心を怖れ、信行に度々同盟の誘いをかけていた。

「他国の力を借りるなど、それが将来どれほどの禍根となるかもわからぬ」

「上総介を滅ぼすまでじゃ。尾張を手に入れさえすれば、斎藤ごとき怖れるに値せぬ」

柴田勝家の危惧を、林秀貞が勝ってから考えるべきことだといなした。

「第一、清須城まで行く利はどこにある」

林秀貞が問うた。

「利ならばいくつもある。まず、謀叛をする気などないと見せることができ、ときが稼げる。続いて上総介さまの病状がわかり、無理をしなくてもよいかどうかの目処《めど》も立つ。そして、清須城にいる家中の者どもを誘うことができる」

柴田勝家が利を語った。

「清須城の者を取りこめれば、城攻めをせずともすみますぞ」

「……ふむ」

清須城は湿地帯のなかに築かれており、攻めるに難《かた》く守るに易《やす》い。力押しではこちらにかなりの被害が出る。

提案した柴田勝家に信行が反応した。

清須城は、尾張、越前《えちぜん》、遠江《とおとうみ》の三国を支配した守護斯波義重《しばよししげ》によって築城された。斯波氏の衰退によって、尾張下四郡守護代の織田大和守家のものとなったが、織田信長の策略で陥落した。

その清須城を居城と定めた信長によって、大幅な手入れがなされ、難攻不落の名城となっている。

力押しで落とすとなれば、三千から四千の兵力が要《い》る。かつての叛逆で有力な部将の林美作守らを失っている織田信行には、それだけの兵を集める力はもうなかった。

「清須城を落とせても、その後が続かぬでは本末転倒である」

おとなしく重臣らの傀儡に甘んじている信行だが、馬鹿ではなかった。

信長との抗争に勝ったとしても、その被害が大きければ、尾張一国を支配するなど夢のまた夢、下手《へた》をすれば今川《いまがわ》、斎藤の侵略を受ける。いや、他の一族や家臣による下克上もある。

戦国乱世で生き残るには、己の身を守るだけの力は残しておかなければならないのだ。

つまり、戦いの被害は少ないほうがよい。

「わかった。兄の見舞いに参ろう」

「お待ちを。あまりに危険でありましょう」

柴田勝家の誘いに乗った信行を、林秀貞が止めた。

「わたくしがお供いたしまする」

林秀貞の懸念を、柴田勝家が払拭《ふっしょく》した。

「よい。参る」

これ以上二の足を踏めば、信長を怖れていると見られかねない。戦国の世に必須な強さを疑われては、信行は一国の主《あるじ》として認められなくなってしまう。

十一月二日、信行は柴田勝家を始め、二百ほどの兵を率いて清須城へと向かった。

「お待ちでございまする」

信長の腹心丹《に》羽《わ》長秀《ながひで》が、信行を出迎え、信長の病室へと案内《あない》した。

「武蔵守さま、お見舞いにお見えでございまする」

丹羽長秀が、襖《ふすま》を開けた。

座敷で寝ていた信長が、襖の開くのを見て、起きあがろうとした。

「兄者、そのままで」

弟の織田信行が制した。

「勘十郎、その気遣いができながら、どうして愚かなまねを繰り返す」

「やはり、偽りでございましたか」

立ちあがって怒る信長に、信行が目を伏せた。

「同じ父、同じ母から血を受けた兄弟が、相争うなど、国を潰すだけぞ。どうして手を携えようとせぬ」

信長が信行を責めた。

「同じ父母から生まれたからこそでござる。どうして、吾が先に生まれなかったのかと、天を恨むことしきりでござった」

信行が反論を口にした。

「それでも……兄者が優れていれば、まだ慰められた。だが、兄者は愚かだった」

泣きそうな声で信行が続けた。

「なぜ跡継ぎらしくしてくれなかった。そうしてくれていれば……おとなしく兄者の配下として一軍を率い、国を守って留守居を務められたのだ」

信行が顔を上げて信長を睨《にら》んだ。

「……そうか。吾が愚かだったのか。すまなかったな。吾には重かったのよ。尾張の虎と呼ばれた父の跡継ぎの座は。なにをしても父と比べられる。父君さまならそのようなまねはなさいませぬ。それくらいのこともおできにならぬとは、父上さまの名前が泣きまするぞ、とな」

信長から怒りの色が消え、悄然《しょうぜん》とした。

「父上と比べられる……」

信行がその恐怖に気づいた。

信秀に力あるからこそ、尾張の部将、国人《こくじん》は従っている。その跡継ぎが頼りなければ、信秀がいなくなった途端に掌《てのひら》を返す。

信長はいつ家臣に殺されても不思議ではない、跡継ぎの日々にあったのだ。

「兄者、すまなかった」

考えがいたらなかったと信行が手を突いて詫《わ》びた。

織田信長は夜具のなかに隠し持っていた太刀《たち》を握り、仁王立ちになった。

「せめて一太刀で願いたい」

織田信行が首を差し伸べた。

「…………」

太刀を握る信長の手が白くなるほど握りしめられた。

「もう遅いか」

「遅うござる」

問いかけた信長に、信行がそのままの体勢で答えた。

「今から、兄者に従うと宣したところで、家臣どもが納得はしますまい。なにより、わたくしが生きていることで、斎藤や今川につけこむ隙を与えることになりまする」

「母上が泣くな」

信長が土田御前の悲嘆を慮《おもんぱか》った。

「吾が子たちのことを頼むと、母上に」

「安心いたせ。子供たちのことは、兄が引き受ける。決して粗略には扱わぬ」

「これで思い残すことがなくなりもうした。では」

心配するなと保証した信長に、信行が感謝し、促した。

「冥府で会おうぞ」

「兄者のご武運をお祈りいたし……」

太刀を抜いた信長が、信行の首を斬った。

「お見事でございました」

柴田勝家が滂沱《ぼうだ》の涙を流しながら、信長の太刀筋を讃《たた》えた。

「権六、信行の供をしてきた者どもを慰撫《いぶ》いたせ。罪は問わぬゆえ、以後は吾に尽くせとな」

「はっ。ありがたき仰せ」

命じられた柴田勝家が駆けていった。

「万千代《まんちよ》」

残っていた丹羽長秀を、信長が幼名で呼んだ。

「はっ」

「丁重に弔え。余は行けぬ」

応じた丹羽長秀に信長が、信行の遺体を預けた。

弟とはいえ謀叛を企んだとあっては、葬儀を催してやるわけにはいかなかった。信長のせめてもの手向《たむ》けであった。

織田信長は、二度目の謀叛を企んだ弟信行を、だまし討ちに近い形で誅殺《ちゅうさつ》した。

「過去は問わぬ。余に仕えるならば、許す。それが嫌ならば、尾張から去れ」

信長は、信行に与《くみ》した者たちを咎《とが》めなかった。それでも少なくない者が、美濃の斎藤家へと身を寄せた。

「獅子《しし》身中の虫がいなくなったと思えばよい」

信長は平然と見送った。

「これでようやく、織田は一枚岩になった」

清須城の奥殿へ入った信長は、奇妙丸の寝顔を見ながら言った。

「よろしゅうございました」

奇妙丸を挟んで反対に座している鷺山殿が祝意を口にした。

「ときがかかりすぎたわ」

信長が苦い顔をした。

「家督を継いで足かけ七年、人の寿命が五十年あるかなきかのうちの七年ぞ。大損害じゃ」

「ですが、足下をないがしろにしていては、吾が父のようになりまするぞ」

鷺山殿が信長を宥《なだ》めた。

「一色《いっしき》左京《さきょう》大夫《だゆう》か」

信長が一層苦い顔をした。

鷺山殿の父、信長の舅である斎藤道三を討った左京大夫義龍は、己を道三の子供ではなく、元の美濃守護土岐《とき》頼芸《よりなり》の子であると称し、足利《あしかが》将軍家へ願って土岐氏の本姓である一色へと改姓した。

これは土岐頼芸の側室が斎藤道三に下げ渡されたとき、すでに身ごもっており、その後生まれた子が己だと義龍が主張したことによる。

そもそも義龍の叛逆は、斎藤道三が次男孫四郎《まごしろう》に家督を継がせようとしたために起こっている。

斎藤道三も、義龍を吾が子とは見ていなかったのだ。

「血筋とは重きもの。ふう、面倒よな」

信長が奇妙丸の額を撫《な》でながら呟いた。

織田信長は、弟信行を粛清してから、一層奇妙丸と、茶筅丸、三七たちとの区別を明確にした。

「奇妙丸が、織田家の惣領《そうりょう》息子《むすこ》である」

信長はそう公言し、吾が子の扱いに大きな差をつけた。

「なにをしておる」

さすがに兄弟を会わさぬというわけにもいかず、たまに清須城へ茶筅丸たちを呼びつけるが、そのとき喧嘩《けんか》でもしようものならば、理非を問わず、弟たちを殴り飛ばした。

「兄だと思うな。主と思い、仕えよ」

まだものの道理さえわきまえていない幼子にも、信長は上下の格を押しつけた。

「それが、おまえたちのためだ」

信長は子供たちに己同様の相剋《そうこく》を味わわせたくなかったのだが、それを見ている母は辛い。

「…………」

奇妙丸、茶筅丸に続いて徳《とく》姫を産んだ信長の愛妾吉乃が、閨を遠慮するようになった。

「さようか」

信長も吉乃に無理強いはせず、生駒屋敷へ行かなくなった。

以降、信長は奇妙丸の乳母桂を始め、多くの女に手を出した。

「今川治部大輔《じぶのたいふ》さま、軍を起こされる模様」

隣国へ忍ばせている細作《さいさく》、饗談《きょうだん》衆からの報告が届いた。

「来たか」

信長が苦い顔をした。

「あと一年あれば、完全に尾張を掌握できたものを」

今川治部大輔義元《よしもと》は、今こそ、兄弟で争い国力を落とした尾張を呑《の》みこむ好機だと、ついに西上を決めたのだ。

「真っ向から戦っては勝負にならぬわ」

信長が大きくため息を吐いた。

戦国武将が多くの側室を持ち、多くの子供を作るのは、血筋の継承を主としつつ、婚姻などで他家や家臣とつながりを作るためであった。

「それぞれの屋敷へ戻せ」

織田信長は、今川治部大輔義元の侵攻を知ってすぐに、奇妙丸を残して、その他の子供たちをほうぼうに散らせた。

「奇妙丸は哀れであるが、跡継ぎじゃ。奇妙丸まで落としたとあれば、余が負け戦を認めたことになり、皆を動揺させてしまう」

信長は奇妙丸を清須城から動かさなかった。

「今川治部大輔さま、駿河《するが》をご進発」

永禄三年（一五六〇）五月十二日、今川義元は号して二万五千という大軍を率いて、駿府《すんぷ》を発《た》った。

「尾張まで五日、戦いが始まるのは六日後か」

饗談を取りまとめている簗田政綱《やなだまさつな》の報告に、信長が呟いた。

「山口《やまぐち》が裏切らねば、大高《おおだか》城で防げたかと」

簗田政綱が悔やんだ。

山口とは知多《ちた》の北部を領している国人で、織田に属していたが、信秀が死に信長が当主になるなり、今川へ寝返った。さらに近隣にあった織田方の城を攻略して、今川へ差し出した。

織田家の調略を担う饗談の頭として、山口の動きを見抜けなかったことを簗田政綱は恥じていた。

「勘十郎にも叱られたわ。余が、跡継ぎらしくしていればとな」

誅殺した弟信行が最期に漏らした本音を、信長は心に残していた。

「それに、報復はした」

今川へ走った山口教継《のりつぐ》の行為は偽装だとの噂を、信長は簗田政綱に命じて広めた。

結果、それを信じた今川義元によって、山口教継は自害させられていた。

「いかにも」

信長に言われた簗田政綱が首肯した。

三

信長の予想は当たった。

今川治部大輔義元は、五月十七日、尾張にある今川氏の拠点沓掛《くつかけ》城へ入った。そして翌十八日、織田方が包囲している大高城へ兵糧を入れるために、松平《まつだいら》蔵人佐《くろうどのすけ》元康《もとやす》が出撃した。

「忌憚《きたん》なき意見を申せ」

十八日、信長は清須城に集まった配下の部将たちと軍議をしていた。

「清須城の堅固さに頼って籠城するしかございませぬ」

「たしかに籠城すれば今川を防げるが、その代わり熱田《あつた》神宮も、津島も失うぞ。そうなっては、今回は生き延びられても、未来はない。ここは一縷《いちる》の望みをかけて決戦を挑むべきじゃ」

前夜に続いて、軍議では同じことが繰り返されるばかりであった。

「殿、お考えを」

柴田勝家が、信長の意見を求めた。

「そなたらの考えはわかった」

信長が手にしていた扇子で、膝《ひざ》を叩《たた》いた。

「おおっ」

家臣たちが信長の決断を聞こうと身を乗り出した。

「今日は、これまでとする。帰って休め」

籠城とも決戦とも言わず、信長は軍議の間を後にした。

「大人にしておるの」

表が騒がしいが、奇妙丸は静かに寝ていた。

「余よりも大物になるの」

「それは困りまする。殿を上回られては、妾では手がまわりませぬわ」

鷺山殿が笑いながら、手を左右に振った。

「奇妙丸のことくれぐれも頼む。余が敗死したときには、武将の子らしく死なせてやってくれ」

信長が鷺山殿を見つめた。

「惨《むご》いことを命じなさいまする。妾に子殺しをせよと言われるか」

鷺山殿が信長を睨んだ。

四

海道一の弓取り今川義元を討ち取った。

尾張半国の戦国大名でしかなかった織田上総介信長の名前が、天下に広まった。

「うつけが今川を……」

とくに信長と美濃の領有を巡って争いを続けている稲葉山城主一色義龍の受けた衝撃は大きかった。

一色義龍は、織田信長の正室鷺山殿の異母兄である。形だけとはいえ、一色義龍にとって信長は義弟にあたる。

本来は義兄弟で手を組み、一色は近江《おうみ》へ織田は西三河《みかわ》へと、それぞれ領土を広げていくべきであった。

しかし、一色義龍が父斎藤道三を討ったことで、両者は不倶戴天《ふぐたいてん》の敵同士になっていた。

「国境の備えを厳重にせよ」

一色義龍は信長への対策を強くした。

もちろん、信長も美濃侵略の意志を隠そうとはしなかった。

「一色と手は組めぬ」

信長は首を横に振った。

岳父斎藤道三は、長男一色義龍に一度は家督を譲ったものの、その後に撤回、美濃の国を信長へ譲ると言い出した。

当たり前のことだが、そのようなことを一色義龍が認めるはずはなかった。

もう、信長と一色義龍は、どちらかが滅びるまで戦うしかなくなっている。

「松平と組むとしても、皆が納得するかの」

信長がため息を吐いた。

尾張と三河は長く戦いを続けてきた。今でこそ没落しているに近い松平だが、二代前の清康《きよやす》のときには、三河一国を統一したうえで、尾張へと触手を伸ばしてきた。

幸い、その最中に松平の家中で謀叛が起こり、清康が殺された。

そして清康の死後、尾張では信長の父信秀が勢いを持ち、三河へ侵入した。

こうして尾張と三河は殺し合いを重ねてきた。

織田信長の領土尾張は南を海に面し、東を三河に、北を美濃に、西を伊勢に接している。

信長は、その境を接しているすべての国々と仲が悪い。

つまり信長は、これ以上の勢力拡大を願ってどこかへ侵略しようとしたときに、残り二方面への抑えをしなければならないのだ。

伊勢へ手を出せば、長島一向一揆《ながしまいっこういっき》衆と服部左京進友貞《はっとりさきょうのしんともさだ》を相手にしなければならなくなる。

服部友貞は尾張のなかで唯一信長に敵対しているといえる、津島に近い河内市江島《かわちいちえじま》の領主である。一向宗の信者であり、長島一向一揆を指導する願証寺《がんしょうじ》と手を組んでいた。木曽《きそ》川、長良川、揖斐《いび》川の生み出す中州に城を築いているため、攻めるに難く守るに易い。もっとも勢力としてさほどのものを持っていないため、自ら織田へ挑もうとはしていない。

「美濃を攻めるならば、三河と服部に抑えの兵を割かねばならぬ」

桶狭間《おけはざま》で勝利を得て、信長は尾張のほとんどを支配下に置いた。

それでも出せる兵力は一万がいいところである。今川義元の侵攻で受けた傷はまだ癒えていない。

さらに周囲の国との間だけでなく、まだ尾張の国内にも火種は残っている。信長の織田家より格上になる守護代の織田家、守護の斯波家が力を失ったといえどもまだある。

もし今、信長が美濃攻めをおこなうとして、三河の抑えに一千、服部の抑えに五百、領内の内乱の抑制に一千は使わなければならない。

美濃へ向かわせられるのは、せいぜい六千、無理から出して八千である。これで美濃を制圧するのはまず無理である。

「三河の抑えが要らなくなれば……」

信長が呟いた。

「竹千代《たけちよ》と手を結ぶべきだな」

信長と、幼名を竹千代といった松平元康は顔見知りで、互いに悪感情はない。問題は、殺し合った両家の家臣たちの感情であった。

「息子に同じ思いをさせたくはない」

織田信長は小領主の跡継ぎとして、あらゆる苦労を経験してきていた。

同母弟を担いだ家臣たちによるお家騒動、岳父の討ち死に、家臣の裏切り、隣国からの侵略で、いつ死んでもおかしくはなかった。

　そのすべてを打ち払った信長だったが、どれ一つとして余裕のあった勝利はなく、薄氷を踏む思いの連続であった。

「余が死ねば、子たちも殺される」

　天下に名だたる家柄だとか、高貴な血筋につながるとか、地の名門として多種多様なところにつながりがあるとか、族滅するとかえってよくないことになるという理由があるなら、力を奪われたとしても一族は生き延びられる。

　だが、信長の織田家は歴史は浅く、名門の血筋というほどでもない。下手に血筋を残して将来の禍根を生むよりは、子供も女も殺してしまったほうが、敵としては楽である。

　信長にとって、今川義元を討ち取ったとはいえ、のるかそるかだった桶狭間での戦いは脳裏から消えていない。

「せめて背中を預けられる相手を探さねば」

　信長は三河との同盟を真剣に検討した。

「水野《みずの》を使うか」

　結果、信長は尾張と三河の国境に近い知多の領主水野下野守信元《しもつけのかみのぶもと》を清須へ招いた。

水野家は当初、松平と同盟していた。その関係で水野信元の妹於大《おだい》が松平広忠《ひろただ》のもとへ輿入《こしい》れし、元康を産んだ。

その後、水野信元が織田と同盟を結んだことで、松平広忠は今川への遠慮から於大を離縁、水野へ送り返していた。

こうして水野と松平の同盟は潰えたが、松平元康が水野信元の甥《おい》であることに違いはない。

血縁というのは、敵対していてもどこかで連絡を取り合うものだ。万一のときに血筋を預かったり、争う両者の仲立ち役を務めたりするためであった。

「お任せあれ」

三河から今川の勢力を一掃する好機でもある。水野信元は信長の願いを引き受けた。

今川家の混乱に乗じて、岡崎城と領地を奪い返した松平蔵人佐元康も、また悩んでいた。

織田家同様、松平家もまさに四面楚歌であった。

もともと松平家は独立できる状態ではなかったことから、今川家の庇護《ひご》下に入ったのだ。

その松平家がいきなり今川から離れて、すぐに独り立ちできるわけはない。

　松平家が三河の主人だったころに従ってくれていた国人たちも、とっくに今川へ鞍《くら》替《が》えしている。

　足下が固まっているどころか、砂地に城を建てるような状況である。

　なにより、今川家がどさくさに紛れての独立など認めてくれるはずもなかった。

「東に今川、西に織田」

　今川に松平を攻める余力はないため、なんとか西の織田だけですんではいるが、いずれ今川が落ち着けば、まちがいなく東西を敵に挟まれることになる。

「蔵人佐どのよ」

　そこへ水野信元の誘いが来た。

「織田上総介さまが、蔵人佐どのと会いたいと」

「ならば」

　渡りに船と松平元康は乗り気になったが、両家の家臣たちの納得が得られず、信長と直接の対面をすますまでに二年もかかった。

　とはいえ、織田と松平の同盟はなった。

「これで後顧の憂いはなくなった」

　信長は、ようやく本腰を入れて美濃攻略に取りかかることができるようになった。

「一色も死んだ」

信長の前に立ちはだかっていた美濃の国主一色義龍が永禄四年（一五六一）五月十一日に、三十五歳という若さで病死していた。

「後を継いだ右兵衛大夫《うひょうえのたいふ》龍興《たつおき》は不肖の息子じゃ」

十四歳で後を継いだ一色右兵衛大夫龍興は、武名高かった義龍に比して覇気に欠けていた。

偉大な父を持った息子の典型で、古くから仕える譜代衆の意見を煙たがり、耳当たりのよい話をする家臣を重用する。

「ついてはいけぬ」

一色の家臣の心が龍興から離れ始めた。

斎藤道三、一色義龍、一色龍興と、戦国大名として三代を重ねた美濃の土台は腐り始めていた。

もちろん、腐るようにしたのは織田信秀と信長の親子であった。

「どこも跡継ぎが問題だな」

信長は、美濃攻略に本腰を入れるため、清須城から小牧山《こまきやま》城へと居を移した。

「いかにも」

横に控える、織田家随一の武を誇る森三左衛門《さんざえもん》可成《よしなり》が同意した。

森可成は美濃の守護土岐家のもと家臣であった。土岐氏が斎藤道三によって滅ぼされたことで美濃を去り、織田家へ仕官した。武に優れ、信長の尾張統一では多大なる功績を挙げており、その信頼も厚かった。

「道三さまの悪辣さに嫌気がさして美濃を去りましたが、もし未だ美濃にいたとしたら……」

「したら、いかがする」

笑っている森可成に信長が先を促した。

「叛《そむ》いておりましょうな」

森可成が笑みを消した。

「育て方が悪かったのか」

「子供の面倒を見る余裕が、先代一色左京大夫さまにはなかった」

「あやつは必死だったと」

「はい。道三さまから嫌われ、国主としての力にも恵まれていない。自らの世継ぎの座を守るのに血眼《ちまなこ》で、息子に目を向けられる状況ではなかったのでございましょう」

信長の確認に、森可成が応じた。

戦国乱世なのだ。嫡男だからと油断していると、弟にその座を奪われたり、家臣からの下克上を喰らったりする。代々続いた名門ならば、まだ忠誠を捧げてくれる譜代の家臣がいて、守ってくれることもあるが、力で上りつめた戦国大名にはそれがない。

なにせ、戦国大名自身が裏切りでのしあがってきたのだ。強くあり続けなければ喰われるのが、定めであった。

　森可成の話を聞いた織田信長は、納得した。

「吾も気をつけねばならぬの。織田も力でのしあがった家じゃ」

「ご当家は大丈夫でございましょう。先代一色左京大夫さまには、お一人しかお子さまがおられなかった。しかし、殿には三人も男子がおられまする」

織田信長の自戒に、森可成が首を横に振った。

「倅《せがれ》は三人おるが、跡継ぎは奇妙丸じゃ」

　信長が選択肢はないと告げた。

「もう、割れるのはお嫌でございまするか」

「乱世じゃ。いつ余が死ぬかわからぬのだぞ。はっきりと跡継ぎを決めておかねば、吾が吾がと倅どもが言い出すだろう。いや、担ぎ出す欲深い者が出てくる」

「それは……」

　信長の言葉に森可成が口ごもった。

「跡継ぎとそうでない者との区別は、つけておかねばならぬ。さすれば、家督相続で織田が割れることはあるまい」

「なればこその、お三方の差」

森可成が確かめるように訊《き》いた。

「………」

無言で信長は肯定の意を表した。

信長は子供たちにあからさまな差をつけていた。

桶狭間の合戦を生き残ったことで、信長は外に預けていた次男茶筅丸、三男三七を清須城へ呼び寄せていた。

ようは、嫡男の奇妙丸を含めて、子供たちを集めたのだ。

しかし、その扱いはまさに天と地ほどに違っていた。

「奇妙丸、来よ」

信長はよく嫡男を膝の上に載せてかわいがるが、次男、三男を甘やかすことはなかった。

「水を持ってこい」

子供でも信長は平気で使ったが、そういった雑用を奇妙丸にだけはさせなかった。

寵臣を重用し、功績ある家臣を遠ざける。

まさに亡国の典型を一色龍興はおこなっていた。

永禄六年（一五六三）四月、美濃攻略を進めるため、六千の兵を率いて越境した織田信長を三千五百と劣勢ながら敗走させた竹中半兵衛《たけなかはんべえ》重治《しげはる》を褒めるどころか嘲弄し、ついに怒らせて退身させるなど、失政が目立ってきた。

「好機よな」

信長が美濃の部将への調略を始めた。

すでに信長は妹市《いち》を美濃の西、近江の北半分を押さえる浅井《あざい》長政《ながまさ》に、叔母《おば》つやを美濃と信濃《しなの》の国境を治める遠山景任《とおやまかげとう》に嫁がせ、一色家を孤立させていた。

「お味方仕りまする」

西美濃に根を張る市橋《いちはし》氏、高木《たかぎ》氏などが信長に降《くだ》った。

「攻め落とせ」

調略を受けつけない中美濃の岸《きし》氏、長井《ながい》氏を信長は討った。

「お力添えいたしまする」

ついに美濃三人衆安藤守就《あんどうもりなり》、氏家直元《うじいえなおもと》、稲葉《いなば》良通《よしみち》が一色龍興を見限った。

「後は稲葉山城だけよな」

稲葉山城は長良川に面する金華山《きんかざん》の山頂に建つ要害である。

そう簡単に落とせるものではないが、味方のいない状況で籠城しても続かない。

「囲め」

信長の指図で、稲葉山城は取り囲まれた。

「安藤、氏家、稲葉の旗印が」

城を囲む織田の軍勢のなかに家臣たちの姿を見つけた一色龍興が膝から崩れ落ちた。

「逃げる」

あっさりと一色龍興が城を捨て、美濃は信長のものとなった。

美濃も領し、二国の主となった織田信長は、世間の注目をさらに集めることになった。

「織田との付き合いをどのようにいたすべきか」

「見極めねばならぬ」

近隣の大名も、信長自身も、手を結ぶかどうかで悩み始めた。

五

織田信長が美濃の攻略に手間取っていた間に、天下は大きく揺らいだ。

今でこそ相伴《しょうばん》衆という幕府の直臣になっているとはいえ、もとは管領《かんれい》細川《ほそかわ》家の重臣、すなわち陪臣《ばいしん》に過ぎなかった三好修理大夫《みよししゅりのだいぶ》長慶《ながよし》によって、十三代足利将軍義輝《よしてる》は、何度も京を追われては和睦して戻るを繰り返し、足利将軍家は衰退の一途をたどった。

三好長慶は父元長《もとなが》を主君細川晴元《はるもと》の策謀によって殺され、十一歳で家督を継がざるを得なくなった。当主を失って逼塞《ひっそく》を余儀なくされた三好長慶だったが、一族結束の中心となり、反抗を開始、とうとう主家を京から駆逐、三好家の隆盛を成し遂げた。なぜ足利の幕府を潰し、新たな将軍宣下《せんげ》を受けなかったのかと思えるほどの力を畿内に発揮した三好長慶だったが、一人息子を病で失ってから気落ちし、己も永禄七年（一五六四）七月にこの世を去った。

　これを機に足利義輝が動いた。

将軍と言いながら、なぜか自前の軍勢を持っていない足利義輝は、諸国の大名に三好家打倒の兵をあげるようにとの親書を頻発した。その一つは尾張を統一した織田信長のもとにも届いたが、上京しようにも美濃が敵ではどうしようもない。

　そうこうしている間に、足利義輝の動きに焦った、長慶亡き後の三好を仕切っていた三好三人衆と重臣松永久秀《まつながひさひで》、久通《ひさみち》親子が、ついに悪逆をおこなった。京の二条《にじょう》御所を襲い、将軍義輝を討ち、さらに異母弟で相国寺《しょうこくじ》塔頭《たっちゅう》鹿苑院《ろくおんいん》の住職周暠《しゅうこう》を殺害した。

　なぜか奈良興福寺《こうふくじ》一乗院《いちじょういん》の院主で足利義輝の同母弟覚慶《かくけい》は殺されず、監禁されるに留まったが、のちに脱出、還俗《げんぞく》して足利義秋《よしあき》と名乗り、反三好の狼煙《のろし》をあげ、兄同様諸国の大名を動かそうと檄文《げきぶん》を撒《ま》いた。

「力なき名分は、無意味である」

　足利将軍家の凋落《ちょうらく》に信長は、嘆息した。

美濃を獲《と》ったからといって、織田信長の力は百万石を少しこえるていどでしかなかった。

近江と伊勢の一部を領する六角《ろっかく》氏が五十万石、甲州《こうしゅう》と上州《じょうしゅう》、信濃の一部を支配する武田《たけだ》氏の四十万石ほどと比すれば大きいが、京を支配している三好家にはまだ及ばなかった。

三好家は讃岐《さぬき》、淡路《あわじ》、摂津《せっつ》、河内、山城《やましろ》と播磨《はりま》、丹波《たんば》、和泉《いずみ》、大和の一部を支配し、その勢力は二百万石をこえる。傑物だった三好修理大夫長慶を失い、家中で分裂が起こっているとはいえ、外圧には一つになって対抗する。なにせ三好は十三代将軍足利義輝を二条御所で襲い、討ち果たしている。

　実力をなくし、飾りになったとはいえ、将軍を臣下が殺した。まさに謀叛であり、天下に糾弾される悪逆である。

　三好家が京を押さえていながら、天下人だと讃えられないのは、ひとえにこの将軍殺しのせいであった。

「逆賊三好を滅ぼせ」

　命からがら奈良を逃げ出した足利義秋は、己が将軍となるため、京に近い近江に仮御所を置き、諸大名、名刹《めいさつ》などを味方につけようと策を巡らせた。

一応、三好家も平島公方《ひらじまくぼう》足利義栄《よしひで》を擁し、大義は我にありとしているが、そんなものは将軍殺しの悪名の前にはなんの意味もない。

今、三好が京に居続けられるのは、それをするだけの力があるからであり、少しでも揺らげば、滅びは始まってしまう。

それを三好の一族はよくわかっていた。

「うるさいの」

三好が足利義秋を追いやるために、庇護を与えている近江の大名六角氏を調略した。

「おのれっ」

近江も危なくなった。

足利義秋は妹婿でもある若狭《わかさ》の武田氏を頼ったが、そこも内紛で落ち着かず、さらに逃げて越前の朝倉《あさくら》氏を頼った。

隣に敵がある限り、油断はできない。足下を固めなければ、国はなかから崩れる。力のない名前は意味がない。信長は足利幕府の失墜を目の当たりにした。

信長は、安寧の地を作るには、前に進み続けるしかないと悟った。

「吾一代ではとても天下に届かぬ」

信長はため息を吐いた。

父信秀から家督を継いだのが十九歳であった。それから尾張国内を平定、攻めてきた今川義元を返り討ちにして、隣国美濃を手に入れるまでに十五年かかった。

「もう三十五歳だ。人の一生とされる五十年まで、あと十五年しかない」

　信長は焦った。

「どこまで余はいける」

　今や尾張、美濃の二国を支配している。織田の国力は数倍になり、兵力も数千から数万、全力を出せば五万に及ぶ。

　さらに東美濃に根を張る遠山七頭の党首ともいうべき遠山景任に叔母を嫁がせて信濃への抑えとし、三河の領主松平改め徳川《とくがわ》家康とは桶狭間の合戦以降手を携えている。京へ向かう背後となる信濃と三河も気にしなくてよい。

「伊勢も抑えた」

　嫡男奇妙丸の乳母の兄である滝川一益を将として伊勢を攻めさせ、その北部を平定した。

　着々と織田家の勢力は大きくなっている。

「上杉と武田に和睦を命じた。整い次第、軍勢を合わせ、上洛《じょうらく》いたせ」

　織田の武力をあてにする足利義秋の書状を読んだ信長が、鼻で笑った。

「上杉と武田、どちらも折れるわけはなかろう。上杉には関東管領の面目があり、武田は信濃の領土を奪わねば飢える」

信長は武田信玄の四男勝頼《かつより》に養女を嫁がせ、同盟を結んでいる。当然、武田の内情も知っていた。甲斐は山国のうえ、治水が難しく、物成りが悪い。他国を侵略しなければ、生きていけないのだ。

信長は和睦はならないと見ていた。

上杉と武田が相争い、上洛の軍勢を起こせない。朝倉は東に一向一揆の国加賀《かが》があるため、そちらへの備えが要り、全力を出せない。近江の有力大名六角は、足利将軍家ではなく、三好に与している。

「残るは近江よな」

信長の目は京を見据えていた。

「浅井と六角は仲違《なかたが》いをしているな」

軍議の席で、信長は家老林秀貞に確認をした。

「浅井は、正室であった六角の重臣平井《ひらい》加賀守の娘を送り返しただけでなく、名乗りも六角義賢《よしかた》の偏諱《へんき》をいただいた賢政《かたまさ》から通称の新九郎《しんくろう》へと変えられたよし」

林秀貞が答えた。

一時、信長の弟信行を担いで謀叛をしかけた林秀貞だったが、その後も織田家の家老として内政に腕を振るっていた。

「ならば余の誘いにのるか」

「いかがでございましょうや。当家が美濃を領したことで朝倉家との間に小競り合いが起こっておりまする。浅井と朝倉は長年の交誼《こうぎ》を深めてきた仲」

信長の問いに林秀貞が難しそうな顔をした。

織田が一色龍興を追い出したとはいえ、実際は美濃の国人たちの支持を得たに過ぎない。まだ信長は美濃を支配しているとはいえず、越前や飛騨《ひだ》との国境のもめごとなどを禁止することはできなかった。

一所懸命という言葉があるように、武士は土地に命をかけている。上洛するために浅井家と手を結ぶ。ゆえに浅井と近い朝倉の者ともめず、辛抱せよと命じれば、たちまち国人たちは織田を見限る。

稲葉山城を手に入れたとはいえ、一色龍興を討ち取ったわけではない。美濃の隅々まで信長に心服したわけではないのだ。

一色より織田がましといったていどにしか、国人たちは思っていない。

そんなところに無理を押しつければ、たちまち叛乱の火の手があがってしまう。

かつて足利義秋がまだ近江にいたころ、六角氏、浅井氏、一色氏、織田氏に和睦を命じたことがあった。

足利義秋はこれらの勢力をもって、上洛し将軍宣下を受けようと考えたのだ。

「ご命《めい》とあれば」

尾張を統一し、本腰を入れて美濃攻略に取りかかった織田上総介信長は、将軍に恩を売ることの利を考えて賛同、一色、浅井、六角も同意した。

しかし、もっとも遠い信長が軍勢を尾張から発しようとしたところに、急報が届いた。

「一色、六角が手を組み、途上で上総介さまを襲うつもり」

これでは戦いに出ていけない。

信長は上洛をあきらめ、美濃の攻略に専念することになった。

そして、ようやく美濃を落とした信長のもとへ、足利義秋がふたたび書状をよこした。

「余の供をして、上洛いたせ」

「近江の状況を鑑みて」

下克上が罷《まか》りとおる乱世だからこそ、他国へ軍勢を出すには名分が要る。

足利義秋の要請を引き受けた信長だったが、時期の明言は避けた。

一色右兵衛大夫龍興を追ったとはいえ、まだ美濃は不安定である。他にも伊勢へ滝川一益を向かわせたことで、長島の一向宗との間が不穏になってきている。こちらにも念のために軍勢を置いておかなければならない。

となると、百万石をこえた織田家とはいえ上洛に割ける軍勢は一万が限界であった。そこに同盟を組んでいる徳川家から援軍を出してもらっても、二千がいいところである。

「これではとても六角、三好を相手にはできぬ」

こちらから六角氏の本拠、三好家の支配地へ出向くのだ。地の利は向こうにある。

「やはり浅井をなんとしてでも味方にせねばならぬ。市を送る」

信長は軍議の席で決断した。

生き残るには、それだけの努力と運が要る。桶狭間の合戦で勝利を摑《つか》んだ織田信長は、そのことを身にしみて知っていた。と同時に、その運を使えるだけの素養こそ大切だとも理解していた。

「わかったか」

軍議の席に信長は嫡男奇妙丸を伴うようにしていた。

「近江の浅井家に市の叔母どのを嫁がせると」

奇妙丸が結論を述べた。

「なんのためにだ」

さらに信長は突っこんだ質問をした。

「京へ将軍さまをお連れするためには、近江を無事に通らなければならないからではございませぬか」

「まちがいではないが、正しいとも言いきれぬな」

　奇妙丸の答えに信長が首を左右に振った。

「まず、足利義秋さまはまだ将軍になっておられぬ。どころか今の将軍は足利義栄さまじゃ」

「将軍さまがおられるのに、別のお方がなられようと」

　信長の話に奇妙丸が混乱した。

「将軍は一人。これは絶対じゃ。でなければ、天下の武士は誰に従えばよいかわからなくなるからの」

「将軍は武士の棟梁だと聞きました」

　奇妙丸が目を輝かせた。

「父上さま、ではなぜ、今おられる将軍さまに天下の武士は従わぬのでございましょう」

　輝いていた目を奇妙丸が伏せた。

「難しいことを訊く」

　そう言いながらも信長は満足であった。

　信長は軍議の席だけでなく、領内の視察、他国からの使者との面談にも奇妙丸をできるだけ同席させるようにしていた。

早くから、戦国大名として、父がどのようなことをしているかを見せ、それを己が受け継いでいかなければならないと自覚させるためであった。

そして、奇妙丸は信長の考えどおり、大名の嫡男としての成長を見せ始めていた。

織田信長がまだ十一歳になったばかりの嫡男奇妙丸をいろいろと連れ歩くようになったのは、かつての美濃領主一色龍興の影響であった。

「愚かにもほどがある」

佞臣《ねいしん》を生み出し、諫言《かんげん》してくれる忠臣を遠ざける。

結果、一色龍興は尾張の数倍という国力を持っていながら、家臣たちに次々と裏切られ、ついには国を追われた。

「左京大夫義龍も愚かなり」

父斎藤道三を殺し、美濃を手中に収めた行動は信長も認めるところであったが、後のことを考えていなかったというところで、一色義龍は評価に値しない武将であった。

「国を受け継いでこそ、大名である」

信長は父信秀を尊敬していた。戦に強く、熱田や津島を支配して、神という権威と交易の金を手にする先見の明を持っていた。そして、跡継ぎを信長と定め、どれほど虚《うつ》けと呼ばれるまねをしても、それを揺るがすことなく見守ってくれた。

まさに信秀は信長の理想であった。

対して、尾張の周囲はあまりに情けなかった。

美濃は斎藤道三、一色義龍と二代にわたって嫡男の育て方をまちがえ、国力を落とした。

三河は嫡男を人質に出し、国の実権を今川に奪われるという醜態をさらした。

信長は、信秀という成功例の結果であり、失敗例をいくつも見てきたのだ。

次代の教育こそ、国を続けていくうえで重要事であると認識していた。

なればこそ、信長は奇妙丸を側《そば》に置いて、己の考えを、織田家としての対応を学ばせており、その効果は着実に出ていた。

だが、信長は奇妙丸に夢中であり、それ以外の息子茶筅丸、三七らにはほとんど興味を示さず、放置状態にしていた。

第二章　混迷する西

一

　永禄十年（一五六七）九月、信長の妹お市は、浅井新九郎長政のもとに嫁いだ。尾張一の美貌と謳《うた》われ、どこの誰が妻にするかと密《ひそ》かに競われていた市は、信長の思惑で長く手元に置かれていたため、二十一歳とかなり遅い輿入れとなった。

「これで上洛できる」

　信長は軍勢を起こす用意に入った。

　かつては浅井も支配下に置き、近江一国、伊賀《いが》、伊勢の一部に勢力を張った六角氏は、重臣と嫡男義治《よしはる》との間で騒動が起こり、その求心力を急速に低下させつつある。

　信長の上洛を阻む者は、なくなった。

「印を変える」

　市の婚姻が終わった十一月、信長は黒印《こくいん》を新たにした。

「父上さま、これはどう読むのでございましょう」

　できあがった黒印を見て、奇妙丸が問うた。

「天下布武《ふぶ》と書いてある」

　信長が黒印を紙に押してみせた。

「どういう意味なのでございましょう」

　じっと黒印を見た奇妙丸が信長へ訊いた。

「天下とはわかるな」

「この国のすべてでございまする」

「そうだ。父は、その天下を安寧にしたいのだ。女が安心して子を産め、子が健やかに育つ世にな」

「布武がそうだと」

　奇妙丸が確認した。

「武という字はの、戈《ほこ》を止めると書く。つまり争いをなくすという意味である」

　信長が続けた。

「つまり父は天下を鎮めるために武を使う。そう決意したのだ」

「……」

「まだわからぬか。まあよい。父のやることを見ておれば、いずれそなたにもわかろう」

怪訝《けげん》そうな顔をしている奇妙丸に信長が苦笑した。

上洛の障害を排除した織田信長は、永禄十一年（一五六八）七月、足利義秋あらため義昭《よしあき》を岐阜《ぎふ》へ迎えた。

「上洛をいたすべし」

「はっ」

足利義昭の要請を受けた信長は、軍勢を起こした。

「不忠者を討ち、天下に静謐《せいひつ》をもたらす」

大義名分を得た信長は、九月七日足利義昭に供奉《ぐぶ》して上洛を開始した。

信長は六角義賢、義治親子にも馳《は》せ参じるように促したが、一度足利義昭の命を狙った過去の罪を怖れ、二人はこれを拒否した。

「愚か者め」

かつては三好が一枚岩で、六角へ援軍を出せる状況であったが、今は違う。

三好家の現当主左京大夫義継《よしつぐ》、重臣の一人松永弾正忠久秀は、足利義昭に与すると表明し、他の義栄を推す一門、重臣と対立している。京周辺を押さえる三好家が、足利義昭を迎えるか、排除するかで二分しており、とても近江まで軍を出せる状況にはない。

浅井長政の軍勢と合流した上洛軍は、六角氏の居城観音寺《かんのんじ》城を攻め、わずか一日でこれを落とした。

残念ながら、六角義賢、義治の親子は逃がしたが、それでも南近江は織田のものになった。

織田の本拠美濃から京までの街道は、使用できるようになった。

「問題は坂本《さかもと》だけだな」

淡海《おうみ》の海を見つめながら、信長が呟いた。

淡海と呼ばれる巨大な湖の北岸、東岸、南岸のほとんどに支障はないが、西岸の京側を扼《やく》する坂本は、比叡山《ひえいざん》の寺領になる。

「賀茂河《かもがわ》の水、双六《すごろく》の賽《さい》、山法師、是《これ》ぞ朕《わ》が心にかなわぬもの」

白河《しらかわ》法皇をして手に負えないものの一つとされた山法師こそ、比叡山の僧兵であった。

もちろん、時代は違うが今でも比叡山の権力は強く、坂本を敵にすれば美濃と京の連絡は断たれる。

幸い、今回は比叡山も敵に回らなかった。

「六角が一日で……」

昨今、浅井の勢力拡大で往時の力はないが、長年近江を支配してきた六角氏である。

一代の英傑といわれた先代三好長慶でさえ、攻めあぐんだ六角氏ならば、相当の期間、上洛軍を足留めしてくれる。

その間に三好家分裂の原因である現当主三好義継、重臣松永久秀を下し、ふたたび一枚岩となって、足利義昭を追い返そうと考えていた三好長逸《ながゆき》、三好政生《まさなり》、岩成友通《いわなりともみち》の三好三人衆は、戦意を喪失、城を捨てて逃げ出した。

「手応えなし」

ほとんど戦いらしい戦いを経験せず、信長率いる上洛軍は、九月二十六日早朝に入京、東福寺《とうふくじ》を本陣とした。

「しばし、こちらでお過ごしあれ」

信長は足利義昭を清水寺《きよみずでら》へ預け、自らは京の治安維持と、畿内に残る敵の掃討へ向かった。

「お手向かい仕りましたこと、深くお詫びいたしまする」

十月二日、最後まで抵抗していた摂津の国人池田勝正《いけだかつまさ》が降伏、こうして畿内は平定された。

味方の負け戦が負担になったのか、患っていた背中の腫瘍が悪化したのか、三好三人衆に担がれて十四代将軍となっていた足利義栄が九月三十日、摂津富田《とんだ》の仮御所で病死した。

「畿内平定、前《さき》の将軍死去。これで左馬頭《さまのかみ》さまの任官に障りはなくなった」

信長が予想したとおり、十月十八日、朝廷による足利左馬頭義昭への将軍宣下がおこなわれた。

「本圀寺《ほんこくじ》を仮の御所とする」

足利義昭は清水寺から本圀寺へ移り、ここで幕府の再建に取りかかった。

「前関白《さきのかんぱく》近衛前久《このえさきひさ》を京より追放する。また、足利義栄に従った政所《まんどころ》執事伊勢兵庫《ひょうごの》頭《かみ》の隠居を命じる」

雌伏《しふく》してきた期間の不満をぶつけるように、足利義昭が報復を始めた。

新たな征夷《せいい》大将軍《たいしょうぐん》の誕生は天下の安寧につながらなかった。

織田信長が率いる軍勢も、畿内を完全に制圧したわけではなく、三好三人衆に率いられる阿波《あわ》三好家の勢力は、まだ大きい。

摂津はまだしも、河内は信長も手出しできていない。なにより、三好一門安宅《あたぎ》氏の本拠淡路、そして四国の阿波との連絡口になる堺《さかい》が健在なのだ。湊《みなと》が敵の支配にある限り、海を隔てていようとも軍勢を送りこめる。

本来ならば、河内も支配し、堺も降伏させるべきではあるが、そこまでするとなれば、畿内への足がかりを失うことになる阿波三好の抵抗は激しくなり、戦は長引き、被害は大きくなった。

「将軍宣下も終わりましたので、そろそろ引きあげたく存じまする」

信長の義弟になった浅井長政が、帰国を求めてきた。

すでに季節は冬に入っている。浅井の領地である北近江は、寒さが厳しく、雪も早い。

雪が本格的に降り始める前に、帰国していないと、それこそ京で年越しになる。

朝廷と幕府がある京は、諸式が高い。都として人が集まる割に、周囲を山に囲まれた狭い土地しかなく、田畑に使える場所が少ない。

当然、米を始めとする食べものは、ほとんど他国から運ばれることとなり、そのぶん値段も跳ねあがる。

そんな京に千をこえる兵士を数カ月も駐留させるわけにはいかなかった。

「わたくしどもも帰国いたしたく」

徳川家康から出された援軍も京を発ちたいと願ってきた。

昨永禄十年（一五六七）五月、家康の長男信康《のぶやす》と信長の長女おごとくが婚姻、織田と徳川も一族となっていた。

「ご苦労であったの」

信長は二人の願いを認めた。

徳川家康、浅井長政の軍勢だけでなく、織田信長も麾下《きか》の部将を何人か本国へ帰した。

尾張と美濃を支配したとはいえ、国境を接する朝倉、伊勢長島の一向一揆など、周辺に紛争の火種は残っている。

足利義昭を奉じての上洛という名分は、すでに果たされている。周辺の国が信長を気遣う理由はなくなった。

なにより、足利幕府の権威が衰えているのだ。今回の上洛も、六角、三好を駆逐して、ようやく叶ったのだ。

鎌倉《かまくら》と違い、足利は京に幕府を置いた。いわば、京のある山城は本拠地なのだ。

本拠地から将軍が追い出される、将軍が京へ入れないなど、あってはならない。

しかし、今の幕府は、将軍は、どこかの大名の後援なしには、生きてさえいけなくなっている。

下克上、親子兄弟で争うのは当たり前、強くなければ生き残れない戦国乱世、己の力だけで大名に成りあがった者からみれば、将軍なんぞ、いればいいていどの扱いである。

滅ぼして、天下の大逆人となる気はないが、守《も》りたてる気にもならない。

つまり、足利の血には、それなりの敬意を払うが、別段義昭でなくてもよいだろうという。これがほとんどの戦国大名の考えと言えた。

「少しばかり、織田が出過ぎである」

戦国乱世で、近隣に勢威のある大名があるというのは、面倒でしかなかった。

いつ牙を剥《む》いて、領土を奪いに来るかわからない。

「何々が公方さまのお指図に従いませぬ」

「うむ。討ち滅ぼせ」

信長に大恩ある足利義昭は、その奏上を受け入れ、討伐を命じるだろう。

力を持ち始めた信長に、将軍という大義名分がついた。

諸大名が信長を警戒し始めるのも、当然であった。

大名たちが織田信長を警戒し始めたのに比して、京の民たちの反応は鈍かった。

「織田……聞いたこともおへんな」

「尾張ですかいな。それはまた、辺鄙《へんぴ》なところからおいやした」

京に住まう民たちは、洛中以外を田舎《いなか》として、興味を持っていない。織田がどこを所領としていようが、どれほどの軍勢を抱えていようが、田舎武士でしかなく、覚える価値を認めてはいなかった。

「桶狭間で今川治部大輔を討ち滅ぼした荒武者やそうや」

「六角を一日で蹴散《けち》らしたというやないか。乱暴者やろ」

武家伝奏《てんそう》や五摂家など天下の行く末に敏感な公家《くげ》たちは、信長の振る舞いを注視していた。

「ようわからん御仁や」

そのなかに、かつて尾張まで下向して、御所修理の献金を求めた山科言継《やましなときつぐ》がいた。

山科は羽林《うりん》家の格を持つ武官公家の一つであり、代々内蔵頭《くらのかみ》として朝廷の財政を担当した。有職故実《ゆうそくこじつ》、蹴鞠《けまり》、医術などを家業とするが、乱世にあって所領を度々押領されるなどを受け内証逼迫《ひっぱく》していた。

「まあ、伝手《つて》がないわけやなし」

山科言継は、尾張下向のおり、信長の父信秀に蹴鞠を伝授していた。あいにく信長は生まれていなかったが、その後弘治二年（一五五六）に、駿河の今川義元を訪ねた帰り、尾張に立ち寄り、二十三歳になった信長と会っている。

「上総介はん、ご無沙汰やな」

あれから十二年、還暦を迎えた山科言継は信長のもとを訪れた。

「山科卿には、ご壮健のご様子」

突然の訪問を信長は受け入れた。

「なあ、回りくどいことは言わへん。上総介はんは、三好の代わりに京を治めるつもりか」

「その気はございませぬ」

問いかけた山科言継に、信長は首を横に振った。

京を支配するつもりはないという、織田信長の返答を聞いた山科言継が笑った。

「なにか、ほな、上総介はんは、まったくの善意で足利を助けたと」

「まったくの善意というわけではございませぬが」

信長が苦笑した。

「ほな、なにが目的やねん」

山科言継が問うた。

「争いが美濃、尾張に広がらぬよう」

「ふうん。この戦国乱世で二つの国さえ安泰ならばええと。そんなん叶うわけないやろう」

山科言継があきれた。

「叶いませぬか」

「わかってるやろう。上総介」

平然としている信長に、山科言継の雰囲気が変わった。

「尾張と美濃は豊かな土地でございまする。合わせて百万石の石高があり、尾張の津島からあがる交易の運上は、数万石をはるかにこえておりまする」

「織田が裕福なんは知ってる」

お国自慢をしだした信長に、山科言継が苛立《いらだ》った。

「とはいえ、これは領内を完全に把握しており、かつ周囲からの手出しを受けないとしてのこと」

「…………」

信長の表情が厳しくなった。

「長く足利幕府が天下を治めず、放置してきたことで秩序は乱れ、各地に国人どもが林立いたしておりまする。この国人どもが問題なのでございまする。地に根付いておるゆえ、固執が強く、国主の言うことを聞きませぬ」

国人とは、一つの村から一郡以上を支配する者まで、その勢力に差がある。とはいえ、自立できるほどではなく、他からの侵略を受けたときに援軍を送ってもらうため、大名に寄りかかっていた。

数百石から数千石ていどでは、出せる軍勢にも限界がある。寄らば大樹の陰ではないが、どこかに守ってもらわなければ、明日にも滅びかねないのだ。

当たり前のことだが、土地に密着して生きている。国人にとって土地ほど大切なものはない。

「軍役を命じても、必死に働かず……」

他人の戦で大切な家臣を死なせては、いざというときに困った。一人の男を戦働きができるまでに育てるのは手間がかかる。

「そのくせ、己の土地が危ないとなれば、やれ援軍を、やれ守ってくれとうるさい」

「で」

　文句を語る信長に、山科言継が先を促した。

「最大の問題は、頼っていた大名が弱るなり、義理も恩もなく、さっさと寝返ること。侍の本質であるべき、ご恩と奉公なんぞ、端《はな》から持っておらぬ」

「人なんぞ、そんなもんやろう。己だけよければええ」

　吐き捨てる信長に、山科言継が首を左右に振ってみせた。

「このような連中を家中に組み入れるのが、どれだけの難事か。しかし、これを怠るといつまで経《た》っても、領国は落ち着かぬ」

　いつのまにか、信長も山科言継への口調を変えていた。

「現に今も、越前、伊勢との小競り合いは起こっている。基本は向こうからの手出しだが、こちらからちょっかいをかける者もいる。あれほど、今はおとなしくしておれと命じたにもかかわらずだ」

　信長がため息を吐いた。

「ふうむ。ようは国人をどうにかしたいのだの」

「そうよ。そのための時稼ぎだ」

山科言継の推測を信長は認めた。

「将軍の忠臣織田上総介の領地に手を出す者は、謀叛人であるという名分か、欲しいのは」

すっと山科言継の目が細くなった。

公家は長く続いた戦乱で、全国にあった所領のほとんどを失って、落魄《らくはく》していた。

天皇の御料所でさえ、国人によって押領されている。

「即位ができぬ」

その困窮は、即位の礼さえできないところまできていた。

今上天皇である正親町《おおぎまち》天皇は、父後奈良《ごなら》天皇の崩御に伴い践祚《せんそ》はしたものの金がなく、毛利家などが援助を申し出て即位の礼をおこなうまで、じつに二年もかかったくらいである。

山科言継もその名字のもととなった山科郷に荘園を持っているが、なんとそこを足利十三代将軍義輝によって押領された経験がある。

つまり、公家は武家の言葉を、そのおこないを信用しない。

「時稼ぎに京を使うなんぞ、許されへんぞ」

山科言継が織田信長を睨みつけた。

「ほおお」

信長が感心した。

「よく見抜いた」

「上総介、そなたっ」

口の端を吊《つ》り上げた信長に、山科言継が憤った。

「戦は、吾が領国から遠いところでやってもらいたい」

信長は、足利義昭を排除しようとする者、三好に与する者たちが、京へ襲いかかるとわかっていると告げた。

「主上《しゅじょう》のおられる都を戦の場にするなど……」

「自業自得じゃ。種を撒いたのはそちらだろう」

怒りを増した山科言継に、信長が冷や水を浴びせた。

「京さえ平穏であればいい。そう考えて、朝廷は武を捨てた。血《ち》腥《なまぐさ》いのは嫌だと、荘園の守りを武家に預けた。それが武家の台頭を呼び、力で荘園を奪い合うようになった。もし、朝廷が武を維持しておけば、天下大乱は起こらなかった」

「…………」

山科言継が黙った。

「神祖が力をもって抗《あらが》う者を征伐して得た泰平を守らずに捨てたのは、朝廷ぞ」

厳しく信長が指摘した。

今の世の乱れは、過去の朝廷に原因があると織田信長に言われた山科言継が肩を落とした。

「上総介よ。なんとかならぬか。たしかに我らの先祖が悪いと認めるゆえ。主上さまはなにもご存じではなく、ただひたすら天下の安寧を願っておられるんや」

山科言継が織田信長にすがった。

「朝廷へのお手伝いは、いたしましょう」

信長が口調を柔らかいものに戻した。

「金だけやない。力もやで」

「わたくしは残れませぬぞ」

上京に伴ってきた兵力は、すでに大きく減じている。

「やっぱり、帰るんか」

「足下が定かでない、腰の落ち着かぬ武将が、役に立つはずはございませぬ」

泣きそうな山科言継に、信長が答えた。

「すぐに戦になるで」

「なりましょうな」

山科言継の危惧に信長も同意した。

「今度は殺されるで、本圀寺は」

仮御所の名を使って、山科言継が足利義昭を比喩《ひゆ》した。

「将軍が害されると、次は……」

「本圀寺に子はないさかいな。残る血統は、三好の庇護下にある平島公方だけや」

足利義昭が死んだときの話を二人がした。

「……面倒になりまするな」

「なるやろうなあ。三好の傀儡が将軍になるんや。少なくともそなたと浅井、徳川は謀叛人扱いを受けるで」

結束が破れ内紛を起こしていたとはいえ、三好を京から追い出したのは、信長である。

三好が織田を攻めるのはまちがいなかろうと、山科言継が告げた。

「六角も一色も喜んで参戦しましょうな」

信長が苦い顔をした。

どちらも信長によって領地、居城を奪われている。

「そなたの言う国人の裏切りもあるやろう」

「死なせるわけにはいきませぬか」

山科言継の言葉に信長が嘆息した。

天皇への崇敬、将軍への忠義。

日《ひ》の本《もと》の武士ならば、全員が持っていなければならないものであった。

しかし、その両方が危うくなっていた。

そもそも天皇への崇敬は、国人以上、大名ぐらいでないと明確な形を取ってはいなかった。

「なにやら、京というところには、天皇という神様の眷属《けんぞく》さまがおられるらしい」

文字も読めない部将、徒侍《かちざむらい》、足軽たちは噂に聞くていどで、天皇家の始原、その権威の根本などわかってはいない。

将軍への忠義なんぞ、それ以上に酷《ひど》い。

「殿さまの言うとおりにしていればよいのである」

自分で考えるということをしない。いや、させないように教えこまれている。

「突っこめ」

「退《ひ》くな」

戦の前にいろいろと考えて、臆されても困る。なにより形勢の悪化を知って裏切られてはたまらない。

忠義とは直接の主君にだけ捧げるべきものであり、将軍への敬意はあっても、勝手にその指図に従われては困る。

大名、国人にとって、配下とは黙って言うとおりにする者でなければならなかった。

しかし、仰せのとおりと従う者はなかなかいなかった。

代々の譜代として主家とともに栄枯盛衰を重ねてきた者か、あるいは主君に惚《ほ》れこんで、命がけで支えようと思う者か。

織田信長に忠義を尽くす者は、どちらかといえば後者が多かった。

もとが尾張半国の守護代の宿老という、国人領主より少しましというていどの家でしかなく、そのうえ内紛を経験している。

信長にとって譜代の家臣といえる者は柴田勝家、村井《むらい》貞勝《さだかつ》、池田恒興《つねおき》など、数えるほどしかおらず、二度も叛いた林秀貞には譜代ではあっても信を置いてはいなかった。

山科言継の要求は、朝廷の安全であった。

「足利義昭を討たせるわけにはいかない」

武家の棟梁として君臨する足利将軍家だが、自前の軍勢を保持してはいない。

家臣も三淵《みつぶち》藤英《ふじひで》、細川藤孝《ふじたか》の兄弟を始めとして、一色藤長《ふじなが》、和田《わだ》惟政《これまさ》らと数も少ない。それらも足利義昭に従って、諸国を放浪していただけに軍勢など持ってはいない。

今、織田信長が足利義昭を見限って京から兵を退けば、残るのは千に満たない兵だけになる。

「一日で滅ぶな」

信長は美濃へ帰るまでに、足利義昭の警固を確立させなければならなかった。

「きんか頭をこれへ」

信長は足利義昭の家臣から織田家へと鞍替えをした新参者の明智光秀を呼んだ。

明智光秀は土岐源氏の出で、居城美濃明智城を一色義龍によって落とされ、一族郎党を殺された。父祖の地を失い、放浪しているときに足利義昭と出会い、その家臣となった。

美濃の出ということで、一色龍興を放逐した信長との交渉役に選ばれ、何度か岐阜へやってきていた。

「使えるな、こやつは」

明智光秀の能力を気に入った信長は、足利義昭に譲渡を願った。

「是非とも」

「よろしかろう」

家臣として使っていたとはいえ、支給する禄《ろく》もなく、形だけ山城国に領地を与えていたに過ぎなかった足利義昭は、信長の申し出を快諾、明智光秀は織田の家臣となった。

「お呼びでございまするか」

明智光秀がすぐに現れた。

「公方さまをお守りせねばならぬ。どうするべきじゃ」

「三好は西から参りまする。西から京へ入るには、摂津を通るか、大和を通るかになりまするが、大和には松永さまがおられまする」

　信長の問いに、明智光秀が答えた。

　三好三人衆と対立している松永久秀は、いち早く足利義昭についていた。

　明智光秀は三好の襲来を摂津からと予想した。

「まず、摂津の守護として和田さまを」

「よいのか、和田は甲賀《こうか》の出であろう。摂津に縁などあるまい」

　明智光秀の案に織田信長が危惧を覚えた。

　土地に執着する武士は、地縁を持っている。長年の間に作りあげた関係、姻戚など、いざというとき頼りになる。

「それでよいのでございまする。なにせ、摂津は先日まで三好に与しておりました。そこに和田さまを置くことで、国を割りまする」

　明智光秀が述べた。

　摂津は京に近いため、政争に巻きこまれるのになれている。京の主が代わるごとに、旗の向きも変える。

「摂津には池田や伊丹《いたみ》がおる。こうして生き残ってきた。その間に和田を打ちこむか。なるほどな」

　摂津は、多くの国人がその覇権を巡って争っている。今は、信長が京にいるために争ってはいないが、いなくなればまた割れる。

摂津がごたごたすれば、京へ進出しやすくなる三好が、裏で蠢《うごめ》くのもまちがいない。

そこに将軍家直臣の和田惟政がいれば、池田も伊丹も動きにくい。

「摂津を一枚岩にしないか」

「それに甲賀は近《ちこ》うございまする。和田さまに仕えたい者どもが集まりましょう」

理解した信長に明智光秀が付け加えた。

「なるほど」

「あと、勝竜寺《しょうりゅうじ》城を細川さまにお預けしては」

勝竜寺城は、西国街道を押さえる要地にあり、摂津だけでなく、大和への抑えにもなる。

「大事ないか。勝竜寺城は弱いぞ」

足利義昭を京に入れまいと抵抗する三好三人衆の一人岩成友通が勝竜寺城に籠もって抵抗しようとした。だが、織田の攻撃に一蹴され、あっさりと城を捨てて逃げ出した。

「細川さまならば、最後まで戦われまする」

明智光秀が細川藤孝の忠義を保証した。

二

京へ足利義昭を届けた。それで織田信長の仕事は終わったも同然であったが、ではと帰るわけにはいかなかった。

もともと畿内は三好家の勢力が強い。

今、織田信長が軍勢を率いて、美濃へ戻れば、明日にでも三好が足利義昭を襲う。征夷大将軍に任じられたところで、三好は気にもしていない。将軍に権威を感じているならば、そもそも十三代足利将軍義輝を弑《しい》するはずはなかった。

それがわかっていても、軍勢をいつまでも京に詰めさせるわけにはいかなかった。すでに季節は秋から冬へと移ってきている。兵たちも帰郷して、正月くらいは家族と過ごしたいと思っている。それを抑えつけては、反発が起こりかねなかった。

なにせ、信長は兵たちに京での乱暴狼藉《ろうぜき》を禁じている。通常、戦勝した地での略奪、強姦《ごうかん》、人攫《ひとさら》いは、兵たちの権利とされてきた。

勝って領地をもらう部将はいいが、兵たちは年貢の一種としての労役で駆り出されたか、安い金で雇われたかである。

それで命をかけて戦い、余得として楽しみにしている略奪ができないとなれば、不満を持つ。とくに労役で駆り出された百姓たちは、勝っても褒美さえもらえないのだ。略奪することで小金を稼ぎ、己が百姓仕事をできなかったぶんの損を補う予定が狂えば、生活に支障も出る。

百姓に不満を持たせるのは、領主としてもっとも避けるべきこととされていた。

不満は土地を捨てる逃散《ちょうさん》、敵国への内通を生む。下手をすれば一揆を起こされる。

「これ以上は無理だな」

配下の部将から、帰国を願う声が大きくなってきた。

「後は頼んだぞ」

明智光秀が提案した手配りをすませた信長は、十月二十六日京を発った。

「お任せを」

将軍と朝廷を警固するにはいささか心許ないが、二千の兵を預けられた明智光秀が胸を張った。

三

京から戻った織田信長は、雑事を片付け、正月を岐阜で迎えた。

「おめでとうございまする」

代々織田家の正月は厳格に順序が決められていた。

まずは信長の生母土田御前が、続いて正室鷺山殿が挨拶《あいさつ》をする。

「父上さま、おめでとうございまする」

母と正室が下がった後、嫡男奇妙丸の番になった。

「うむ。今年も息災であれ」

奇妙丸の挨拶に返した信長が、手招きをした。

「こちらへ来よ」

「はい」

うなずいた奇妙丸が、信長の隣に腰を下ろした。

「次じゃ」

それを確認した信長が、小姓に合図を送った。

「茶筅丸さま、神戸《かんべ》三七郎さま」

小姓の呼び出しに応じて、信長の次男と三男が座敷に入ってきた。

三男三七は昨年、伊勢北部を支配していた神戸氏を降伏させた後、その養子となって織田家から出されていた。

「新年の慶賀を申しあげまする」

二人がそろって頭《こうべ》を垂れた。

「励め」

短く信長が応じた。

「そなたもなにか声をかけてやれ」

信長が奇妙丸を見た。

挨拶を受けて返す。これは格上としての立場を明確にするものであった。

「頼りにしておる」

奇妙丸が弟たちに応じた。

「下がれ」

茶筅丸、神戸三七郎を去らせた後も信長は奇妙丸を隣に置いて、他の一門たちの挨拶を受け、誰が跡継ぎかを明確に表した。

だが、平穏は続かなかった。

永禄十二年（一五六九）の正月行事がようやく終わった一月六日、岐阜城へ京からの急報がもたらされた。

「本圀寺に三好が」

「なんじゃと」

危惧していた状況に、織田信長は憤った。

「摂津の連中はなにをしていた。ええい、今はそれどころではないわ」

信長はただちに陣触れを出した。

「すわっ、戦じゃ」

岐阜城で鳴らされた惣触れ太鼓に、織田家の家臣たちが色めき立ったが、尾張までは届かない。

「三好がどれほどの軍勢を出したか。本圀寺に攻めかかるまで、気づかれなんだとあれば、万はこえまいが」

信長は唇を噛《か》んだ。

京に残してきたのは明智光秀に預けた二千ほどしかおらず、足利義昭が近江、若狭、丹波から差し出させた軍勢を合わせても三千に届くか届かないかである。

「少なくとも三千は要る」

百や二百の兵ならば、今すぐにでも出陣できる。だが、それでは勝てない。少数で突っこみ、取り囲まれては信長の命もなくなる。

今、信長が死ねば、織田家は少なくとも美濃を失い、衰退する。跡継ぎの奇妙丸は、まだ元服も初陣もすませてはいないのだ。

「かといって、後手に回るのはまずい」

山科言継の言うように足利義昭が死ねば、織田は天下の謀叛人として新たな将軍から追討の命《めい》が出される。

「誰《たれ》ぞ、百ほど連れて、京へ先乗りをいたせ。馬を潰してよい。急げ。京に入ったならば、一万の軍勢が続くと、触れて回れ」

信長が三好の動揺を誘うためと、三好と織田を天秤《てんびん》にかけて様子見をしている摂津の国人を動かすための手を打った。

「きんか頭、なんとか保《も》たせろ」

信長が祈った。

三好三人衆に一色龍興を加えた一万の軍勢は、一月三日に京へ入っていた。

摂津高槻《たかつき》城主入江《いりえ》春継《はるつぐ》が三好に通じ、軍勢を通したのだ。

「我らに従い、織田を討てとの命を出されよ」

三好三人衆は足利義昭の仮御所本圀寺を囲むだけにして、要求した。さすがに二人の将軍を殺したとの悪名を避けようとしたのだ。

「謀叛人どもめ。三好は悪逆の一族じゃ」

兄義輝を討たれ、己も殺されかけた足利義昭が、三好の要求を一蹴した。

「ならばやむなし」

すでに反逆している。ここで足利義昭を逃すわけにはいかないと、一月五日、戦端が開かれた。

「守れ、討って出るな。かならずや殿が救援に来られる」

明智光秀が、兵たちを鼓舞しつつ、無謀なまねをしないように抑えた。

「一番乗りじゃ」

三好の部将薬師寺《やくしじ》貞春《さだはる》が軍勢を率いて、本圀寺の塀を乗りこえようとした。

「ござんなれ、謀叛人め」

「我ら若狭衆の意地、目にもの見せてくれる」

若狭国人の山県源内《やまがたげんない》、宇野弥七《うのやしち》らが、これを迎撃、多くの犠牲を出しながらも退けた。

「天晴《あっぱ》れなる武者振り」

足利義昭が直接出向き、山県源内、宇野弥七を讃えたことでより本圀寺に籠もった軍勢の戦意が高まった。

「まだ破れぬのか」

三好長逸が苛立ちを露《あら》わにした一夜が明けたところに、伝令が駆けこんできた。

「軍勢が迫りつつありまする」

「味方か、敵か」

「九曜《くよう》の紋、細川家のもの」

「ええい、敵か」

「他に池田、荒木《あらき》らの旗も見えまする」

「やむを得ぬ。桂《かつら》川まで退け。態勢を整えて迎え撃つ」

挟み撃ちになるのを三好長逸が嫌った。


本圀寺を襲った三好三人衆と一色龍興には、あと一歩の覚悟が足りなかった。

たしかに、征夷大将軍となった足利義昭を守るという固い意志を持った若狭衆、織田信長から兵を預けられていた明智光秀らの奮戦もあったが、それでも五倍からの軍勢を擁しながら城でさえない寺を落とせなかった。

しかも本圀寺の包囲を解いて、態勢を立て直した桂川における総力戦でも、三好三人衆は数の少ない荒木村重《むらしげ》、池田勝正らに敗北、名のある部将を討ち取られるなどして敗北した。


「肚《はら》のないことよ」

この戦いで、山科言継ら公家が、三好三人衆を見限った。

「織田の援軍など気にせず、本圀寺を攻め落とせばよかったのだ」

公家とはいえ、乱世を生きているのだ。戦いでなにが肝心かくらいはわかっている。三好三人衆には援軍の摂津衆らを撃破する意味はない。

せっかく信長の留守を狙ったのだから、しゃにむに本圀寺を攻めればいい。信長が大軍を率いて京へ駆けつけるまでに足利義昭を討ち取れば、次の将軍は阿波で保護している平島公方から出ることになり、三好三人衆の勝利は決まる。

だが、三好三人衆は退いた。

それを公家たちは腰抜けとあざ笑った。

「織田弾正忠さま、京へ入られたとのよし」

そこへ信長入京の報《しら》せである。

「なんと、美濃から四日かからずに兵を率いてきたか」

公家たちが驚いた。

「織田さまがおられれば安泰じゃ」

たちまち逃げ出した三好の残党を見た、京の民たちが信長を歓迎した。

「防いだか」

当の信長は、本圀寺が無事であったことに安堵《あんど》していた。

四

京に入った織田信長は、急ぎ足利義昭に拝謁、その無事を確認した。

「父よ、よく来てくれた」

上洛を成功させたときから、足利義昭は信長を父と呼んで頼りにしていた。

「御身に危難をお近づけ申しましたこと、幾重にもお詫びいたしまする」

信長の立場では、謝罪するしかない。

「今後このようなことがないように努めまするが、万一のこともございまする。早急に御所をご用意いたしたく」

「頼んだ」

仮御所では防備に不安が残る。信長は、襲撃があってもしばらくは籠城できるだけの御所を建てると宣した。

「毎度毎度、これではたまらぬ」

正月になっても寒さは厳しい。美濃から京へ向かう途中の近江は、雪に閉ざされている。そこを突破するために、信長は小者たちの身体を使って雪を除《の》けさせた。簑《みの》を着させてはいたが、雪に埋もれての作業になる。

「将軍に死なれては、織田の未来がなくなる」

信長の焦りは、小者たちを酷使することになり、少なくない数の凍死者が出た。

ふたたび美濃と尾張を戦乱にしないためだったとはいえ、無駄な死者であった。

同じことを繰り返せば、織田は小者をまともに扱わないとの悪評を生む。

気にしなくてもいいといえば、それまでのことだが、悪評というものは、どこかで足を引っ張る。

「二条に御所を造れ。将軍の居所としてふさわしいものをな」

明智光秀、荒木村重、池田勝正などを褒めた後、信長は御所の造営を命じた。

続いて信長は、摂津衆の一人として織田に降伏しておきながら、裏切って三好三人衆へと通じた入江春継の籠もる高槻城を攻め、降伏を許さず、これを殺した。

「後は和田伊賀守に預ける」

高槻城を和田惟政に与え、京の治安維持の責任を負わせた。

美濃を放り出して京へ出てきた織田信長は、八つ当たりとばかりに周囲へ喧嘩を売りまくった。

すでに去年矢銭五千貫を納めている石山本願寺を前例として、信長は畿内の有力な寺社や商人に金を要求した。

「二万貫じゃ」

信長は、今回も三好三人衆に協力した堺へ莫大な矢銭を要求した。

二万貫は米にしておよそ四万石になる。まさに一年間、織田の戦をまかなえる金額であった。

「払えぬ」

堺は信長の要求を一蹴した。

乱世のなか、堺だけは安全と言われていた。

堺を代表する会合衆《えごう》と呼ばれる豪商によって治められ、どこの大名にも膝を屈しない。

濠《ほり》で囲い、出入りは跳ね橋を通らなければならない堺を、攻めるのは難い。

また、交易によって得た莫大な利を遣って、名のある牢人《ろうにん》を数多く抱え、さらに最新の兵器で鎧兜《よろいかぶと》も貫く鉄炮《てっぽう》を生産、常時数百挺《ちょう》を持っている。

包囲したところで、堺は湊なのだ。三方を取り囲んでも一方は海に開かれている。そして交易で発生する関銭《せきせん》、警固料で生きている大坂、瀬戸内《せとうち》、紀伊《きい》水道の海賊衆が堺の味方となれば、兵糧、矢玉が尽きることはない。

会合衆が、尾張、美濃をようやく支配したていどの信長を甘く見たのも無理のないことであった。

「そうか」

信長は堺の拒否を聞くと、足利義昭から討伐の許可を取りつけ、畿内の兵を挙げて堺を包囲した。

「数が違う」

数万の兵に包囲された堺は驚愕《きょうがく》した。

「三好さまが力を……」

つい先日助けたのだから助けられて当然とあてにしていた会合衆だったが、三好三人衆にその力も気ももうなかった。

「お詫びをいたしまする」

　堺も信長に降った。

　堺を攻めている間に織田信長は足利義昭の動きを規制しようとした。

　本圀寺が襲われたことを恐怖した足利義昭は、各地の大名に手紙を送り、上洛を命じると同時に、軍勢の貸し出しを求めたのだ。

　かつて足利将軍家は全国に荘園を持っていたうえ、勘合《かんごう》貿易を一手に握り、金閣《きんかく》や銀閣《ぎんかく》を造営できるほどの財を誇っていた。

　しかし、それこそ世の常、将軍のもとで実務を担当していた政所《まんどころ》や侍所《さむらいどころ》の執事、管領によって権力は蚕食《さんしょく》され、いつのまにかその継承まで影響されるようになった。

　将軍の権威が低下するにつれて、遠国の所領から奪われていき、勘合貿易をするだけの船もなくなり、いつのまにか山城一国だけの小大名同様になった。

　そして十三代将軍義輝のとき、山城国さえ、三好に奪われかけ、将軍は京から逃げ出す羽目になった。

　まさに落魄《らくはく》であった。

その状況から信長によって救い出された足利義昭は、二度と京から追われぬよう、将軍直属の軍勢を持とうと考えたのだ。

とはいえ、何万という軍勢を常備できるだけの余裕は足利にない。そこで、足利義昭は全国の大名に上洛を命じ、連れてきた軍勢の一部を京へ残させ、それを直属の軍勢にしようとしたのだ。

金もかからず、軍勢を備えられる。まさに妙案と思えたが、信長はその欠点をすぐに見抜いた。

「利害のある大名の将兵が一堂に会して、もめないはずはなかろう」

かえって治安は悪くなると信長は予想し、

「武士の忠義は主君に向けられる。将軍を尊敬はするだろうが、その指図に応じはすまい」

いざというときには役に立たないと断言した。

「浮かれられては困る」

まだまだ足利義昭将軍の権威は天下に届いていない。

信長は足利義昭に枷《かせ》をはめることにした。

織田信長は足利義昭の御内書《ごないしょ》に添え書きをした。各地の大名に、上京して将軍家と朝廷に供奉《ぐぶ》せよとの内容で、一目では足利義昭のものと同じように見える。

だが、信長の手紙には足利義昭のものにはない朝廷への奉仕が記されていた。

信長は、足利義昭の兵力が増えるならば、朝廷にも同じだけの武力を持たせ、拮抗《きっこう》させようとした。

朝廷と幕府の仲は対立ではないが、同調とは言えなかった。

どちらも実権をなくし、飾りになっているが、決して無視できるものではない。

一応、形としては朝廷が征夷大将軍を任命する関係上、格上とされているが、現実の力を持つ武家たちは、朝廷ではなく、将軍を見ている。

だが、これも幕府に独自の戦力がない今はほとんどその意味を持ってはいなかった。

この状況を足利義昭は変えようとし、信長は維持させようとした。

幕府による秩序の回復を、信長は不可能だと考えていた。

そもそも信長からして成りあがりなのだ。己と一門、家臣の命をかけて領土を拡張してきた。そこに幕府や足利家は一切絡んでいない。いわば自分の手で摑んだ領土、領国を、幕府が求めてきたからといって差し出すようなまねをするわけはなかった。

隣同士でいがみ合い、争い続けた大名同士が、幕府の命《めい》だからといって兵を引くなどあり得ない。

なにせ担ぎあげた信長でさえ幕府に、足利義昭に望んだものは、大義名分だけであった。

信長の領土を侵そうとする者への牽制《けんせい》、領土拡張のための戦を仕掛けるときの口実、吾に逆らえば、幕府が敵になるぞという脅し。

かといって利用するには足利義昭が力を持っては困る。

あえて信長は、足利義昭の御内書に添え状をつけることで、諸大名を押さえつけ、その反発を招いた。

「尾張の小名ごときが、大きな顔をしおって」

大名たちが憤り、将軍の命を無視した。

これこそ、信長の策であった。

五

織田信長は本圀寺が襲われた衝撃が抜けきれていない永禄十二年一月十四日、殿中御掟《おんおきて》九カ条を作成、足利義昭に遵守を求めた。

「よろしかろう」

信長のお陰で生き残った足利義昭はすんなりと認めた。

提示された九カ条が、足利義昭の権能を強く阻害するものではなかったというのもその一因ではあった。

幕臣は毎日将軍のもとへ顔を出せとか、公家や将軍直臣は呼ばれたらすぐに伺候しろとか、坊主や医者、陰陽師《おんみょうじ》をみだりに御所へ入れるなといったもので、幕府の権威に制限をかけるものとしては、訴訟は織田の奉行を通じて出せとか、陪臣が将軍に会うには織田の許可が要るとか、さほどのものではなかったからであった。

「ならば……」

最初の九カ条が通ったことで、信長は図に乗った。

二日後信長はさらなる七カ条を足利義昭に突きつけた。

これも寺社の所領を押領するなとか、喧嘩口論をするな、した者は法度に照らして罰するなどと当たり前のものだったこともあり、足利義昭も苦情は申し立てなかった。

これを呑ませた信長は、堺攻めと二条御所建造を家臣に任せて、美濃へ帰還した。

「伊勢を攻める用意をいたせ」

信長は戦準備を命じた。

すでに、尾張と伊勢の国境荷《に》ノ上《うえ》を領し、信長に抵抗を続けていた服部友貞を永禄十一年の正月に謀殺、その支配地を奪っている。さらに同年北伊勢の領主神戸具盛《とももり》を攻め、これを降し、三男三七を養子として押しこんだ。その後も信長は攻勢を弱めず、伊勢の中部二郡の国人で北畠具教《きたばたけとものり》の次男具藤《ともふじ》を当主としていた長野《ながの》家の内紛につけこみ、これを乗っ取っていた。

「残るは南伊勢の北畠のみ」

信長が強い意志を見せた。

堺が降伏し、一応三好三人衆の来襲を気にしなくてもすむようになった永禄十二年四月、二条御所が完成した。

着工からわずか七十日という短期間で、四丁四方（約十九万平方メートル）、二重の濠と三重の櫓《やぐら》を備えた堅固な城を、信長は造りあげた。

「なんともはや」

驚く京の民たちを、もっと煽るため、信長は管領細川家の分家細川藤賢《ふじかた》の屋敷にあった藤戸石《ふじといし》という巨石を、二条御所の庭へ移すとして、鳴り物入りで曳《ひ》いてみせた。

「やれ、引け、それ押せ」

自ら石の上に立ち、金糸で縁取った派手な羽織を身につけ、金扇、白扇を両手にして、鼓舞する信長の姿は、京の民に強烈な印象を与えた。

「なんとも派手やのう」

京の民は信長をもはや尾張の田舎大名としては見なくなっていた。

「お移りを」

完成した二条御所へ信長は足利義昭を迎えた。

「これにて、公方さまのお身体に刀槍《とうそう》が届くことはございませぬ」

「満足であるぞ」

己の為に造られた見事な城に、足利義昭は狂喜していた。

奈良興福寺の一乗院の住職から、将軍継嗣として各地を転々とし、仮御所ばかりに住まいしてきた。

近江の矢島《やじま》御所でも、京の本圀寺でも襲撃を受け、命の縮む思いをしてきた足利義昭は、ようやく枕を高くして眠れる日を迎えられたのであった。

「弾正忠よ」

御所完成と将軍動座を祝っての宴席で、足利義昭自らが信長の盃《さかずき》に酒を注《つ》ぐという感謝の意を見せつつ、口を開いた。

「北畠を攻めぬようにしてくれよ」

足利義昭が信長へ要求した。

「…………」

信長はなにも応えなかった。

武士は戦う者である。

当たり前の話なのだが、偉くなれば戦場から遠ざかる。

かつて中国に覇を唱え、九州にもその手を伸ばした大内《おおうち》家が、その最たる例であった。

どこの大名でもそうだが、周囲を併呑《へいどん》して大きくなっていくとき、前線で戦うのは新たに支配された連中で、大内家の者は戦場に出ないか、出ても後方で下知《げち》を下すだけ。それがさらに進めば、この間まで前線ですり減らされていた連中が、攻め落としたあるいは降伏してきた者を盾に使い、己たちは下がる。当然、大内の者はもっと戦場から遠ざかる。

結果、大内は刀を握るより筆を、鍛錬よりは蹴鞠をと雅《みや》びていき、ついに下克上を喰らって衰退した。

鎌倉以来の名門だなどとあぐらを掻《か》いた家ほど、無残な末路が待っている。

そして下克上でも、隣国侵略でも、自らが動いた戦国大名は強い。

そんななか、北畠は名門でありながら、よく生き延びた家であった。

伊勢一国の国司で守護であったころに比べ今はその半分ほどの領地しか維持できていないが、志摩《しま》の海賊衆を支配し、伊勢神宮を抱えていることで無視できないだけの勢力を持っている。

尾張津島を支配し、伊勢湾の水運を一手に握って、やがて熊野灘《くまのなだ》を経《へ》て大坂へと考えている織田信長にとって、北畠家は小さいながらも、喉に刺さった小骨のような邪魔者であった。

「そろそろよかろう」

二条御所もできた。畿内の三好三人衆の拠点はそのほとんどを潰した。逆らっていた堺も押さえた。

信長は満を持して北畠攻めをおこなおうとした。

「北畠に手出しをするな」

それを足利義昭が止めた。

足利義昭が北畠のことを気にするのは、将軍就任直後の早い時期に祝いの使者を寄こしたからである。

大名のなかでも図抜けた高位に叙される伊勢の名門が、足利義昭を将軍として立てたことも気に入った理由であった。

「呼びかけには応じなかったのにか」

足利義昭の名前で、織田信長の添え書きをつけた上洛要請には、周辺の状況が穏やかでないと言いわけをして、一兵も寄こしていない。

信長は足利義昭の能天気さにあきれた。

「そもそも北畠は上洛の邪魔をした六角と縁続きだぞ」

北畠の先代具教の正室は六角家の先代定頼《さだより》の娘であり、現当主の具房《ともふさ》の生母でもある。

いわば、北畠は足利義昭の仇敵の一人といえる。

それが祝いの書状を一本もらっただけで、くるりと掌を返す。

「己で苦労していないと、やはり駄目か」

信長は嘆息した。

「そろそろ考えねばならぬな、奇妙丸の初陣を」

嫡男奇妙丸に信長は、さまざまな教育を施していた。勉学だけでなく、武術も学ばせている。織田の大将となる奇妙丸に信長は槍《やり》働きを求めていない。ただ、武術の一つもこなせなければ、戦場で味方が勝っているのか、どこが手薄なのか、いつが総攻撃の好機なのかがわからなくなる。それでは、家臣がついてこない。戦国乱世なのだ。勝てない当主に従う家臣はいなかった。

「弓を学べ」

信長は己も得手とする弓を奇妙丸に学ばせていた。

弓は武士の表芸のなかでも格上とされている。今川義元のことを海道一の弓取りと称したのも、そこにある。

そうやって信長は奇妙丸を大切に育ててきた。しかし、それが正しかったかどうか、足利義昭と間近に接した信長は、確信が持てなくなっていた。

足利義昭から北畠は見逃してやれと言われても、織田信長にその気はなかった。

「織田の勢力を守るには、京を押さえ続けねばならず、そのためには周辺の国をすべて支配するしかない」

本圀寺が襲われたことで、信長はより一層その思いを強くした。

永禄十二年五月、信長はまず伊勢の攻略を預けていた滝川一益を使って、木造《こづくり》城主木造左近衛中将具政《ともまさ》を調略させた。

木造家も北畠家と同じく堂上家《とうしょうけ》とされる公家大名で、具政は北畠から木造へ養子に入った近しい一門であった。

「お従い申しまする」

だが、織田家の勢力を理解した木造具政は、その勧誘に応じ、城を明け渡した。

「馬鹿な……」

隠居してからも実権を握り続けていた北畠具教は、弟の裏切りに唖然《あぜん》となり、ただちに一万六千の兵を集め、木造城を攻めた。が、織田の援軍もあり、落とすことなく兵を引くしかなかった。

「今ぞ」

八月二十日、信長は自ら七万と号する大軍を率いて岐阜城を出立、北畠具教、具房の籠もる伊勢大河内城《おかわち》を包囲させた。

大河内城は、東を坂内《さかない》川、北を矢津《やづ》川に守られた大河内山の山頂に造られ、大軍をもってしても、なかなか攻めきれない要害であった。

とはいえ、籠城は援軍がなければ続けられない。八月二十八日から一カ月と少し織田の猛攻に耐えた北畠家だったが、兵の脱落、支配下の国人たちの離反が続き、十月三日、足利義昭による和睦勧告を受け入れる形で、開城した。

「次男茶筅丸を北畠前権中納言《さきのごんちゅうなごん》の長女雪《ゆき》姫の婿とし、近く家督を譲れ」

信長は次男茶筅丸を養嫡子とすることで、北畠を乗っ取った。

北伊勢の神戸に三男三七を、中伊勢の長野に弟信包《のぶかね》を、そして南伊勢の北畠に次男茶筅丸を入れ、織田家は伊勢のほとんどを支配した。

織田信長の支配地はこれで本国の尾張、美濃、伊勢、志摩、近江の南半分となった。

完全に掌握したとは言いがたいところもあるが、それでも総石高は百五十万石近くになった。もう誰も、尾張の田舎大名と馬鹿にできなくなっている。

その信長の次男と三男が、伊勢を分け合う。しかも、そのどちらもが織田の名前を捨てて、他家の養子となった。

「これで奇妙丸を脅かす者はおらぬ」

信長は一息吐いた。

かつて信長は同母弟の信行と家督を争って、尾張を割った経験がある。結局、弟をおびき出して殺し、ようやく織田をまとめた。そのお陰で信長は、無駄な年月を費やし、隣国三河を実効支配している駿河の今川家から、侵略を受けた。

優秀で忠義篤《あつ》い多くの譜代をなくし、砦《とりで》や城のいくつかが破られた。

織田の受けた損害は、まさに国を傾けるほどのものであった。

「尾張が一枚岩であれば……今川が攻めてくることもなかった」

信長の推測は外れていない。

だてに今川義元は海道一の弓取りとの称号を得ていたのではなかった。

己の力を知り、敵国の国力を理解して、負ける戦いをおこなわなかったから、評判が高くなったのだ。

もちろん、小競り合いでは負けたときもあるが、そのくらい誰にでもある。国を傾けるほどの大敗をしなかったからこそ、今川は駿河、遠江、三河の三国を支配できた。

孫子《そんし》の兵法でも、彼を知り己を知れば百戦殆《あや》うからずとしている。まさに、今川義元は、それを地でいく名将であった。

だからこそ、織田の内紛が完全に収まる前に攻め寄せてきた。

ただ、今川義元は、信長という人物を見誤った。信長の破天荒さに今川義元は敗北した。

とはいえ、尾張はぼろぼろだった。これが織田と今川、真っ向勝負だったとしたら、勝った余勢をかって、動揺激しい三河へ攻めこみ、信長は領土を広げられた。

しかし、現実は追い返すのが精一杯で、領土として得られたのは、かつて織田信長の父信秀が隆盛のころに支配していた土地。獲ったのではなく、取り返したとしか言えない。

この状況が信長をして、慎重にさせた。

「家督争いは二度とさせぬ」

信長は己の死後も、織田を一枚岩として存続させるべきだと、強く認識した。

それで今回の次男、三男の扱いとなった。

公家でも武家でも血の継承というのは、一大事であった。雲より高い名門、天下の半分を支配するほどの大大名でも、跡継ぎがいなければ砂上の楼閣でしかない。持っている名誉や財を狙って争いが起こり、没落していく。

一々、名前を挙げなくとも、少し歴史を紐《ひも》解《と》くだけで、お家騒動で消えていった者は枚挙に暇《いとま》がないほどいる。

それを防ぐため、どこの公家、武家でも嫡男の他に次男を控えとして、手元に置いた。

戦、病、謀略で、人はあっさりと死ぬ。とくに嫡男の命は危険にさらされる。跡継ぎがいては、その継承に口出し、手出しができないからだ。つまり嫡男の万一に備えて、次男は飼い殺しにされる。

それを信長はしなかった。信長は、嫡男をあらゆる脅威から守り、奇妙丸を脅かす者を排除する方法を選んだ。

そして、次男茶筅丸が南伊勢領主の北畠となり、三男三七が北伊勢領主の神戸となった。つまり、二人は織田ではなくなった。これで茶筅丸と三七は、奇妙丸が生きている限り、織田を継げなくなった。

さらに生まれ年が同じ次男と三男を隣同士に置くことで、互いに牽制し合うように信長は仕向けた。

第三章　ひとときの休息

一

織田家の周辺が落ち着いた。

国境で絶えず小競り合いを起こしている越前の朝倉家には浅井家が、今川義元なき今川家には三河の徳川が、防壁となってくれている。

信長は背後を気にしなくてよくなった。

「躬《み》の願いを、あざ笑いおった」

代わって京に敵が生まれた。北畠からの要請を受け、信長との間を仲介しようとした足利十五代将軍義昭が、信長への不満を持ち始めた。

「北畠を攻めるだけならばまだしも、その継承に口を出し、己《おの》が息子を押しつけるなど、論外じゃ。ようやく従五位下《じゅごいのげ》弾正忠になれたばかりで、よくも三位《さんみ》権中納言の血筋を乗っ取りおった」

足利義昭は、その生まれもあって、貴種を好む。

そして、吾が身を守る二条御所が完成し、近隣諸国から多少とはいえ差し出された兵も集まっていることが、足利義昭を増長させた。

「将軍の指図に、武家は皆従うもの」

一年前まで越前で、行く末の暗さに涙していたことを足利義昭は忘れた。いや、それどころか、父とまで呼んだ信長への感謝の念が消え果てた。

「立場というものを思い知らさねばならぬ」

足利義昭が蠢き始めた。

「上洛して、織田に圧をかけよ」

将軍の意志を伝える御内書を、足利義昭は名のある大名へ、密かに送った。

それに気づかない信長ではなかった。そもそも二条御所は信長が建てたものであり、その警固は織田の部将が担っている。出入りする者がどこの誰かなど、すぐに知れる。また、京の連中も支配者が足利義昭ではなく、信長だと知っている。

「力もないくせに、乱世を求めるか」

将軍の御内書は、諸大名に織田を討つ大義名分を与える。それをばらまくというのは、京を巡っての争いを誘発することである。

信長は足利義昭の愚かさに、嘆息した。

力は人を変える。

権力を持つことで、責任ある立場に就くことで、人の上に立つだけの器量を示す者もいる。

だが、ほとんどの場合、力に立場に驕《おご》り、他者は虐げるものと思いこむ愚か者ばかりであった。

そして足利義昭は、その愚かさの体現者であった。

「織田弾正忠、傲慢なり」

流浪の旅から救い出し、天下人の座に据えてくれた恩を、足利義昭は一年足らずで捨てた。

「京へ兵を出し、弾正忠を追い払え」

近隣の大名や国人領主から差し出された兵で、幕府直轄軍も増強された。流浪についてきてくれた和田惟政、三淵藤英、細川藤孝らの兵も合わせると一万をこえる。

だが、単独で十万、徳川と浅井が手を貸せば、十二万以上を出せる織田を相手にするにはとても足りない。

足利義昭は御内書を乱発、北は奥州《おうしゅう》の伊達《だて》、南は薩摩《さつま》の島津《しまづ》にいたるまで、勧誘した。

戦国乱世で、将軍が命じたからと、近隣の敵との戦いを止《や》め、手を取り合って上洛するなど不可能である。

また、もしいくつかの大名が兵を送ってきたとすれば、京の支配を巡って、織田信長と争うことになる。当然、戦地となる畿内、洛中はふたたび荒れる。

三好三人衆が退いたことで、ようやく訪れた京洛《けいらく》の平穏が失われる。家は焼かれ、金は奪われ、女は襲われる。

京洛の安寧は将軍の仕事として、朝廷から任じられる。静謐を委ねると天皇が将軍に命じることで、その信任を示すのだが、その将軍が京を乱そうとする。矛盾どころか、将軍の価値を地に落とす暴挙であった。

朝廷からの信を失った将軍に、どのような権威も残るはずはない。

だが、足利義昭はそこに気づいていなかった。

足利義昭の愚挙に織田信長は怒った。

「なんのために、多くの兵を死なせ、おまえを将軍にしたと思っている」

さすがに面と向かって怒鳴りつけるわけにはいかない。

信長は足利義昭の家臣から、織田家へと鞍替えをした明智光秀を呼び出した。

「申しわけございませぬ」

別段、明智光秀の責任ではないが、怒っている主に反論するなど、空腹の狼《おおかみ》の前で裸になるようなものである。

流浪で苦労を重ねてきた明智光秀は、平身低頭した。

「そなたを京に残したのは、将軍と織田のつなぎ役をさせるためでもあったのだぞ」

信長の怒りは収まらなかった。

もとは美濃明智城の城主一族であった明智光秀は、一色義龍と斎藤道三の戦いに巻きこまれ、城地すべてを失って牢人となった。その明智光秀を最初に拾ったのが足利義昭であった。

近江の矢島御所にいたころから、足利義昭に仕えていた明智光秀の価値を認めた信長は、織田家へ移籍をさせ、京を預かる部将の一人としていた。

「それが……わたくしの話など聞いてもいただけず。昨今ではお目通りも許されぬ次第となっており」

明智光秀が頭を垂れた。

「そなたの後ろに余が見えたか」

大きく信長が嘆息した。

「つまりは、余の話は聞かぬということよな」

「…………」

確認した信長に、明智光秀は無言で肯定の意を表した。

「これ以上の馬鹿は許せぬ。世間に知れぬようにと思っていたのだが、やむなし」

あきれた信長は、去年出した殿中御掟の追加を、天下に公表した。

　永禄十三年（一五七〇）一月二十三日、織田信長はすでに出している殿中御掟に五カ条を追加した。

「御内書を出すときは、かならず信長の添え書きをつけること。今まで出された御内書は無効とし、熟慮のうえ要るものだけを再達すること。将軍が誰かに領地を与えたいときは、信長に相談し、その領土のうちから出すものとすること。天下の政《まつりごと》を信長に預けおいたうえは、なにごともお任せあって口出しせぬこと。天下泰平とあれば、将軍は宮中行事に専念なさること」

「な、なんという無礼を」

　細川藤孝からその内容をあらかじめ知らされた足利義昭が、顔を真っ赤にして怒った。

「内書の指図を破棄せよなどと、将軍の権威を軽んじるにもほどがある。天下の政を信長に預けた以上は文句を申すなとは、何様のつもりじゃ」

　足利義昭が近くにあった文机《ふづくえ》を蹴飛ばした。

「なによりも、宮中行事に専念せよとは、どういうことぞ。躬は将軍である。将軍こそ天下を治める者であろうが。その躬に行事だけやっておけとは……」

　なかでも足利義昭が問題にしたのは、最後の第五条であった。

信長は、第五条で将軍は飾りに徹せよと言ったのだ。

たしかに、将軍になれたとき、本圀寺で襲われたのを救われたとき、二条御所を建ててもらったとき、足利義昭は信長に感謝した。

御父《おんちち》と呼び、副将軍、管領のいずれかに就任してくれと頼んだこともある。

将軍に代わって政をなすのが管領だといえるので、たしかに信長へ政を預けたとも取れるが、それを信長は拒んでいる。

つまり、足利義昭は、信長を尾張、美濃などを領しながら、京の治安を担当している一大名の地位を望んだ律儀者としてしか見ていなかったのだ。

殿中御掟追加五カ条、足利義昭はその内容に激怒したが、諸国の大名に動きはなく、洛中は織田家の支配下にある。

「ふざけるな」

とはいえ、これを拒否すれば、信長は足利義昭を見捨てる。

「二条御所を破却、国へ帰るぞ」

織田が京から消えた途端、三好三人衆が阿波から出てくる。

そして織田が去れば、摂津衆はふたたび三好三人衆につく。

三好三人衆と敵対している松永久秀、三好義継も、足利義昭を見限るのはまちがいなかった。

一万ほどいる幕府直衛兵も、負ける戦いとわかれば、どれほど残るかわからない。

籠もる城もなく、兵もなく、後詰《ごづ》めしてくれる援軍も来ない戦いなど、負ける。

信長との決裂は、足利義昭の滅びを意味していた。

「……わかった」

屈辱のなか、足利義昭は信長の追加した五カ条を呑んだ。

「これでおとなしくなられましょうや」

明智光秀が首をかしげた。

「なるわけなかろう。より酷くなるだけよ」

冷静に信長は、判断していた。

「では……」

「あれでも将軍だぞ。殺すわけにはいかぬ。十三代足利将軍を害したことで、三好は京から追っ払われた」

なぜ無駄とわかっていて殿中御掟の条文を増やしたのかと訊きかけた明智光秀に信長が続けた。

「下克上が通る乱世だがな、主殺しはよほどの場合でなければ、やってはならぬのだ。主が悪逆で、放置しておけば民の被害が大きくなるというときだけよ、主殺しが世間に認められるのは。それ以外は、信を失うだけ」

「そうだ。だが、あの馬鹿はまだなにもしておらぬだろう。つまり、世間の判断が討って当然となるまでは、手出しができぬ」

信長がため息を吐いた。

「悪逆……」

二

殿中御掟で禁止されたからといって、足利義昭がおとなしくしているはずはなかった。

「躬が出せぬならば、他の者にさせればよい」

足利義昭は家臣たちに、諸大名への手紙を出させた。

「やはりか」

その動きを細川藤孝が織田信長に注進してきた。

「余の力を見せつけねばならぬな」

信長は直接足利義昭を叩けない憤懣《ふんまん》を朝倉義景へとぶつけることにした。

「上洛なさり、将軍のお下知を賜りあれ」

信長は足利義昭を将軍に就けた後も、朝倉義景へ何度も呼びかけていた。

上洛はおこなわなかったとはいえ、朝倉は長らく足利義昭を庇護してきたのだ。相応の対応をもって遇すべきだと思ってもいたし、なんとか直接会って美濃との国境で頻発する小競り合いを止めるための話し合いをしたいと考えていた。

「………」

しかし、朝倉義景は、信長の要請はもちろん、足利義昭の招きにも応じなかった。

「朝倉を討つ」

将軍の召し出しを拒むのは、謀叛と取られてもしかたない。大義名分は信長にある。誰に従うのか決めさせると、信長は朝倉義景討伐の軍勢を起こした。

足利義昭がよく知る朝倉を叩くことで、信長の本気と、織田の力を天下に見せつけようとの思案もあった。

改元があって、元亀《げんき》元年になる直前の四月二十日、信長は徳川家康の出した三千の兵を含め、三万の大軍を京に集め、越前征伐に出る前の馬揃《うまぞろ》えをおこなった。

足利義昭への威圧をすませた織田軍は、朝倉の城や砦を次々に撃破、二十五日には越前の切所たる木《き》ノ芽《め》峠を扼する金《かね》ヶ崎《さき》城に迫った。

「力押しでよい」

手早く朝倉義景を降したかった信長は、しゃにむに攻めさせ、三日で城を落とした。

金ヶ崎城を落とした織田信長は、朝倉の本拠一乗谷《いちじょうだに》へ兵を進めるべく、軍勢の陣容を整えていた。

四月二十八日、昼過ぎに蒼白《そうはく》な顔色の伝令が信長のもとへ駆けこんできた。

「浅井備前守《びぜんのかみ》さま、寝返り」

勝利に士気のあがっていた織田軍を凶報が襲った。

義弟浅井備前守長政が裏切った。

「虚説である。惑わされるな」

織田信長はためらいなく、否定した。

朝倉と浅井は三代にわたって付き合いがある。どちらかといえば、六角の侵略を支えきれなくなった浅井が、朝倉に泣きついて助けてもらうという従属に近い関係であったが、それも信長の台頭で終わりを告げた。

信長の妹を正室に迎えた浅井家は、朝倉に頼らずともすむようになった。なにより、浅井の天敵であった六角は、信長によって居城と領地を失っている。

そして信長は、京を押さえ、その力は領国だけでなく、山城、大和、摂津、河内にも及んでいる。

朝倉と織田、どちらを取るかなど考えるだけ無駄であった。

「まちがいございませぬ。浅井備前守さま、小谷《おだに》城に兵を集めて、出陣なさるよし」
次々と浅井長政が敵に回ったとの報せが届いた。

「市め、報せぐらい出せぬか」

大名の姫は輿入れした先での人質であると同時に、内情を報せる細作でもある。

その市から前もってなにもなかったことに信長は肩を落とした。

「ここにもいたか、愚か者が」

浅井長政の裏切りが確実となり、信長が天を仰いだ。

ここで織田の力が弱まれば、ふたたび京は戦乱になる。穏やかになりつつあった近江も荒れる。

「大名の仕事は、領国を富ませること。今年の田植えを目の前にして……もう少し世間が見えると思っていたが、備前守」

歯がみした信長は、ただちに決断した。

押しこんだとはいえ、木ノ芽峠には、朝倉勢が厚い陣を布《し》いており、突破には手間がかかる。そこに後ろから浅井に襲いかかられてはたまらない。

「ここで討たれてやるわけにはいかぬ。池田民部大輔《みんぶのたいふ》、殿《しんがり》をいたせ。藤吉郎《とうきちろう》、民部大輔を助けよ。岐阜でも京でもよい。一同退け」

信長が矢継ぎ早に指図を出した。

寝返った浅井備前守長政の軍勢は、淡海の東北から余呉《よご》、刀根《とね》を経て、木ノ芽峠で朝倉と対峙《たいじ》している織田軍の背後に出てくる。

「備前守も、すでに余が寝返りを知ったと思っていよう」

信長は木ノ芽峠から、どうやって京へ帰るかの道筋を考えていた。

妹婿に裏切られた。これは信長の京支配が大いに揺らいだと取られかねない大事である。

通常ならば織田の本拠である美濃へ戻り、軍勢をそろえて、浅井攻めの準備を整えるのだが、それは現状まずかった。

「後ろで糸を引いているのだろう、あの愚か者が」

信長は、ことの裏に将軍足利義昭がいると読んでいた。

数年にわたり朝倉の本拠地一乗谷で世話になっていたのだ。伝手はいくらでもある。

「ここで余が京をあきらめれば、足利義昭が喜ぶ。三好三人衆が攻めてくるとは思わずにな」

信長が吐き捨てた。

近江の北半分、美濃と国境を接している浅井が敵に回った。琵琶湖《びわこ》の水運はもちろん、美濃と京をつなぐ街道沿いも、織田の支配から奪われたのだ。

この状態で信長が美濃へ帰れば、今京にいる織田の兵たちは孤立する。なにより、公家たちが動揺し、信長に見切りをつけかねない。それだけはなんとしても避けなければならなかった。

朝廷はなんの力も持ってはいないが、大義名分でいけば、将軍を凌駕《りょうが》する。

「織田と和睦いたせ」

足利義昭が後ろで煽っても、正親町天皇がそう命じれば、朝倉も浅井も無理はできなくなる。

朝廷が信長の敵に回らなければ、まだやりようはあった。

織田信長は、若狭を突っきって越前へという往路とは異なる、敦賀《つるが》を経て琵琶湖の西岸沿いから朽木谷《くつきだに》を通って、山城へ直接向かう経路を選択した。

「まだ、浅井は余呉にも来ておらぬ」

浅井の動きが思ったよりも鈍いと知った信長は、安全ながら遠回りになる若狭経由ではなく、最短距離で逃げた。

連れてきた軍勢には、往路の要地の警固のために残してきた兵たちを回収しながら京への道を取らせた。

「そちらのほうが目立つ」

信長は馬廻りだけを連れて、山間《やまあい》の細道を京へ急いだ。

「余を助けよ」

信長は、浅井の寄騎《よりき》であった朽木谷の領主朽木元綱《もとつな》に先触れを出した。

「どうぞ、京までご案内仕りまする」

朽木元綱は、浅井の寄騎でありながら、信長に与した。

「未来《さき》の見える者よな」

満足そうにうなずいた信長は、朽木元綱の先導で、三十日の深更、京まで帰還した。二十八日の夜半に金ヶ崎城を出た信長が、駆けづめに駆けた結果である。

「ただちに御所へ参る」

夜中でも関係はない。足利義昭が、信長は討ちとられた、あるいは美濃へ逃げ帰ったと言いふらし、動き出す前に、鼻先を押さえなければならなかった。

「……弾正忠」

寝ていたところを叩き起こされた足利義昭は、鬼のような形相の信長に文句も言えず、息を吞んだ。

織田信長と足利義昭の仲は割れた。ひびが入ったというていどではなく、完全に溝ができた。

「恩を忘れた馬鹿が」

「将軍への敬意を持たぬ田舎侍め」

さすがに表だって罵り合いはしないが、裏では互いを蛇蝎《だかつ》のごとく嫌い合っていた。

「痛い目に遭わさねばならぬな」

信長は苦い顔をした。

今の信長は京の支配者である。足利義昭のもとに近隣の大名たちから差し出された兵はいるが、そのていどは織田にとってものの数にも入らない。

二条御所も信長が造らせたのだ。どこを攻めれば弱いかなど、十二分に知っている。

「まだ、あの馬鹿を追うには早い」

その気になれば、足利義昭を京から放逐するなど簡単にできる。

しかし、それはできなかった。

なにせ、足利義昭を担いだのは信長なのだ。

己が担いだ神輿《みこし》を捨てる。これをすれば、手にしていた大義名分を失うことになる。

信長が、大きな影響力を発揮できているのは、幕府という後ろ盾があるからなのだ。

今、信長が足利義昭と決別すれば、たちまち周囲は敵だらけになる。

もちろん、それは足利義昭にも言えた。足利義昭は信長の手中にある。決別は、京からの放逐につながり、すなわち将軍の座を失うことになる。

どちらも相手をうっとうしく思いながらも、動くことができない状況にあった。

「手足をもぐか」

信長は、やはり無事に越前から逃げ帰った徳川家康を軍勢に組みこみ、裏切った浅井長政を攻めることにした。

「将軍さまのご内意である。織田を討て」

「ご内意であった越前攻めの邪魔をした浅井を滅ぼす」

どちらもが足利義昭を持ち出す戦いが始まった。

近江を流れる姉川《あねがわ》を挟んで対峙した織田、徳川合同軍と浅井、朝倉連合軍が激突した。

当初優勢であった浅井、朝倉連合軍は、徳川家康の率いる三河兵に横っ腹を突かれたことで崩壊、敗走した。

だが、織田信長の勢いもここまでであった。

姉川で勝利を得て二カ月、元亀元年（一五七〇）八月、三好三人衆がまたも摂津で挙兵した。

「阿波へ追い落とせ」

信長はただちに摂津へ進軍、三好三人衆の軍勢と戦った。

四万と号する大軍を擁する信長に、三好三人衆は圧倒された。

「和を請う」

信長の勢いに三好三人衆は和睦を願ったが、

「二度と海を渡ってこられぬようにしてくれる」

義弟の離反で頭の痛いところにつけこんだ三好三人衆を信長は許さず、攻撃の手を緩めなかった。

「石山本願寺が敵対をして参りました」

「なんだと」

あと少しで三好三人衆を滅ぼせる。その寸前、信長のもとへ最大の衝撃がもたらされた。

摂津大坂石山本願寺が、今までの対応をひっくり返したのだ。

石山本願寺は、徳川家康が今川の軛《くびき》を外れてすぐに、三河国で一揆を起こした一向宗の総本山であった。

当初、石山本願寺は信長の矢銭《やせん》要求にも応じ、敵対しない態度を見せていた。

それがいきなり、摂津天王寺《てんのうじ》に展開していた織田軍へ襲いかかってきたのだ。

「なんだっ」

背後を突かれたに等しい。

大軍を擁するとはいえ、まったく備えていなかった石山本願寺からの攻撃に、織田軍は混乱、大きな被害を出した。

「退けっ」

やむを得ず、信長は摂津から撤退した。

石山本願寺が織田信長に牙を剝いたのは、九月十二日の夜半であった。

「信長上洛に就《つい》て、此の方迷惑せしめ候。去々年以来、難題を懸け申し付けて、随分なる扱ひ、彼の方に応じ候と雖《いえど》もその詮なく、破却すべきの由、慥《たしか》に告げ来り候。此の上は力及ばず。然《しか》ればこの時開山の一流退転なきの様、各身命を顧みず、忠節を抽《ぬきんで》らるべきこと有り難く候。併《しかしなが》ら馳走《ちそう》頼み入り候。若《も》し無沙汰の輩《やから》は、長く門徒たるべからず候なり」

本願寺法主《ほっす》顕如《けんにょ》は、畿内の本願寺派の寺院に檄文を送った。

信長のやりように不満はあったが、辛抱してきた。しかし、石山本願寺を破却して立ち退《の》けと命じてきたことには、我慢ができない。信徒たちは命をかけて織田と戦え。こう、決起を命じたのである。

「しくじったわ」

檄文を手に入れた信長は臍《ほぞ》を噛んだ。

もともと信長は神仏を認めていなかった。

かつて信長の不行状を諫めるために、傅育《ふいく》役平手《ひらて》政秀《まさひで》が切腹した。そのとき、生き返らせてくれるならばいくらでも金を寄進する、寺領を与えると祈ったが、効果がなかったことで、信長は神仏を見限った。

つまり宗教は相手にしないと決めた。とはいえ、一向宗を例に出すまでもなく、宗教は力を持っている。ゆえに信長は石山本願寺に矢銭を要求したし、大坂という要地からの移転も求め、その力を削《そ》ごうとした。

さすがに総本山の移転となれば、そうそう納得するはずもなく、石山本願寺は拒絶する。その返答を信長は放置していた。他にするべきことが多かったからである。

しかし、なんの対応もなく、言いっぱなしの信長に石山本願寺が不審を抱くのは当然で、そこに四万という大軍を摂津へ派遣してきた。これが石山本願寺を潰す気だなとの誤解を生んだ。

「今回は違うと前もって報せておけば……」

信長が後悔した。

織田信長には悪い癖があった。

己の考えていることを周囲に語らないのだ。

古くは弟信行との確執も、信長の真意が伝わらなかったために起こったとも言える。兄弟の間でよく話をし、信長がなにを目指しているかを理解させていれば、林美作守がどう言おうが、信行は謀叛を起こさなかったかも知れない。

また、桶狭間の合戦でもそうであった。今川義元が攻めてくるとわかったときに、どのように対処するかを軍議で明らかにすれば、よりよい勝ち方ができただろうし、その前に、対今川の戦略を知らしめておけば、尾張と三河の国境に近かった鳴海《なるみ》城の山口教継が寝返ることもなかった可能性がある。

なにより、朝倉を攻めるとあらかじめ話を通しておけば、浅井の裏切りは防げた。

どれもが信長の致命傷となり得るものばかりであったが、幸い、なんとか切り抜けてこられた。

しかし、今回は違った。

一向宗徒を敵に回す。その恐怖を信長は十分にわかっていた。

言うまでもない、徳川家康が首を獲られる寸前までいった三河一向一揆である。

今川の支配から独立した徳川家康は、そこで思いあがってしまった。三河の領土を取り返した勢いで、領内の寺院に手を出した。

どこの国でも寺社には気を遣う。とくに有力なところには、守護不介入の特権を与えることが多い。三河の一向宗をまとめていた本證寺《ほんしょうじ》も、徳川家康の父松平広忠のときに、守護不入となっていた。

原因は不明ながら、徳川家康と本證寺は衝突、一向一揆が始まった。

「現世《げんせ》の主従より、来世《らいせ》の救い」

今川の圧政にも耐えて、徳川家康に忠義を尽くしていた三河武士が、そろって敵対した。

徳川家康が危うく家臣に討たれそうになること数回、なんとか本證寺と和睦、一揆は終息した。

その悪夢が織田にも起こりかねなかった。

今まで織田信長が一向宗ともめなかったのは、ただ信長が神仏に興味がなかったからに過ぎない。

信長にとって、一向宗もキリシタンも同じであり、己の治世に口出ししてこなければ、どうでもいいとして相手にしていなかったからである。

それが崩れた。

信長は、上洛し、足利義昭を将軍に就けたことで、それに縛られてしまった。

織田の領土をこれからも保持していくには、どうしても権威と大義名分がいる。それが足利義昭であった。

足利義昭は信長によって将軍となった。これは、十四代将軍足利義栄を擁した三好三人衆にとってはつごうが悪い。なにせ三好三人衆には、十三代将軍足利義輝を害したという悪名がある。それを払拭するには、己たちの擁立した足利将軍が要る。そのためには足利義昭は不要なのだ。

他にも、足利将軍を織田に握られていては困る者は多い。

それらから、信長は足利義昭を守らなければならない。

たとえ足利義昭が信長のことをうっとうしく思って、排除しようとしたとしても、捨ててはいけないのだ。

ゆえに信長は、三好三人衆の本国阿波から摂津への玄関口たる堺を武力で抑えこみ、京への入り口となる摂津を三つに分割して、相互監視をさせ、裏切りを防ごうとした。石山本願寺に退去を求めたのも足利義昭を守るためであった。

京に近い摂津大坂に巨大な城郭ともいえる寺院がある。もし、石山本願寺が三好三人衆に奪われたり、手を組んだりしてはたちまち、摂津、河内の二国は失われてしまう。

信長はそれを防ぐために、石山本願寺を支配下に置こうとした。別に一向宗を禁じたわけではなかったが、言葉足らずが法主顕如を疑心暗鬼に陥らせ、大軍の派兵が止《とど》めを刺した。

「一から立て直しか」

信長がため息を吐いた。

三

石山本願寺の顕如が出した檄文は、すぐにその効力を発揮した。

「仏敵織田弾正忠を倒せ」

「悪鬼《あっき》信長を祓《はら》え」

伊勢長島において一向一揆が蜂起したのだ。

普段はおとなしく田畑を耕していた百姓や、織田の勢いに降伏したはずの国人、新たな仕官先を探している牢人などの一向宗徒が、筵旗《むしろばた》をあげ、鎌や鍬《くわ》を手に、織田軍へと攻め寄せた。

それに合わせて、姉川の合戦で手痛い被害を受けたはずの浅井、朝倉が二万の兵を率いて、湖西坂本に侵攻、織田方の宇佐山《うさやま》城を陥落させた。

「ご舎弟九郎《くろう》さま、森三左衛門、青地《あおち》駿河守さま、お討ち死に」

摂津で石山本願寺、三好三人衆と対峙していた信長のもとに悲報が飛びこんだ。

「おのれ、新九郎、左衛門督《さえもんのかみ》」

怒った信長は朝廷を使って、石山本願寺に停戦を押しつけると、本隊を近江へ転じた。

「早すぎる」

森三左衛門可成、織田九郎信治《のぶはる》、青地駿河守茂綱《しげつな》の奮戦で、宇佐山城を落とすのに手間取った朝倉、浅井の連合軍は顔色を変えた。

とはいえ、ここで兵を退くわけにはいかなかった。兵を退けば、ふたたび湖西は信長の勢力下に戻り、宇佐山城よりも堅固な防備が設けられてしまう。

「しばし、陣借りいたしたく」

朝倉は湖西坂本から近い比叡山に逃げこみ、浅井は一部を朝倉とともに比叡山に残して、撤退した。

「引き渡されたし」

「窮鳥懐に入れば猟師も殺さず、と言う。救いを求めてきた者どもを、御仏に仕える我らが、どうして見捨てられよう」

信長の要求を比叡山は拒んだ。

季節は冬に入った。

比叡山に逃げこんだ朝倉と、一度領地へ戻りふたたび侵出しようとしている浅井を抑え続けている織田軍にも疲労はたまってきている。

「兵糧攻めができぬ」

通常は籠城した敵を弱らせるために、兵糧に代表される小荷駄を止める。

食糧が尽きれば、人は飢える。燃料がなくなれば、人は凍える。どちらになっても戦う力を失う。

だが、今回は違った。

比叡山を囲んでいるとはいえ、米などの食糧、薪《まき》や油などの通過を封じることができなかった。

「僧侶たちへの供物でございまする」

そう言われてしまえば、手出しできない。

とくに比叡山は門跡寺院であり、王城守護という役目を持つだけに、朝廷での影響力は大きい。

「織田には困っておりまして」

天台座主《てんだいざす》応胤法親王《おういんほっしんのう》から、朝廷に訴えられては、信長の立場は悪くなる。

「わずかなことを根に持ちおって」

信長が比叡山を睨みつけた。

御所の修復、御料所の回復と、信長は朝廷のために尽くしている。お陰で朝廷と信長の仲は良好である。

しかし、比叡山との仲は悪かった。

その大元は、信長が足利義昭を奉じて上洛した永禄十一年まで遡る。

近江の南、西を支配し上洛を妨げた六角氏を信長は一蹴、その領地のほとんどを手に入れた。

「寺領を返していただきたい」

信長が手にした近江の領地に比叡山の寺領が含まれていたのだ。

もともと六角氏に与していた国人領主、高島七頭《たかしましちとう》の誰かが押領していたらしいが、それを信長が奪い取った。

「知らぬ。今まで放置しておいたであろうが」

その要求を信長は蹴った。これ以来、信長と比叡山の関係は悪くなっていた。

信長が浅井、朝倉を比叡山に封じていた十一月、長島城を落とした後静かにしていた長島一向一揆衆が、小木江《こきえ》城に大挙して押し寄せた。

「援軍を……いや、無理か」

小木江城には、信長の弟彦七郎信興《ひこしちろうのぶおき》が入っていたが、さほどの人数ではなく、後詰めがなければ厳しい。

「逃げよ、彦七郎」

城や領土は取り返せる。だが、命は一度失われれば戻ってこない。

信長は信興へ使者を出したが、遅かった。小木江城は、蟻《あり》の這《は》い出る隙もないほどに囲われ、信長の使者も城内に入れない状況であった。

「目にもの見せてくれるわ」

信長の弟にふさわしい武を誇った信興は、城を出て一揆勢に痛打を与えること六日、とうとう討ち取られてしまった。

「……忘れぬぞ、新九郎、左衛門督、顕如」

弟を続けざまに討たれた信長は、恨みを脳裏に刻んだ。

「まずいな。尾張と伊勢の連絡が途絶えた」

冷静に戻った信長が歯がみをした。

伊勢長島は、尾張との国境に近い湿地帯である。船を使わなければ移動できないほど、川が入り組んでいるため、大軍の素早い展開は難しい。

今までは自軍の範疇《はんちゅう》であったため、北伊勢の神戸、南伊勢の北畠との連絡もつけやすく、織田の支配が届いていた。

それが途切れた。

もちろん、尾張から伊勢へ船で行くことはできる。完全に断たれたわけではないが、それでも十全ではなくなった。

「蜂起する者どもが出なければいいが」

神戸も北畠も武力をもって制し、息子を当主として押しつけて、乗っ取っただけに、それぞれの家中に不満はくすぶっている。

信長を不安が襲った。

大坂石山本願寺、阿波三好三人衆、越前朝倉、北近江浅井、伊勢長島一向一揆、比叡山、そして十五代足利将軍義昭。

織田信長と敵対している者は、多い。それぞれ事情が違い、行動にも差違がある。

信長はそこを突いた。

まず最初に、今回さほどの動きを見せなかった、南近江の大名だった六角氏と和を結んだ。

所領を織田によって奪われた六角氏は、甲賀へ逃げこみ、そこで信長に対抗していた。

甲賀は伊賀と並ぶ忍《しのび》の郷で、暗躍をさせれば手に負えないが、山間の土地であるため米の穫れ高が低く、兵力は少ない。今回は、なんとか兵を集め、織田に負担をかけたが、後が続かなかった。

朝倉や浅井が信長に決戦を挑んでくれれば、まだ南近江回復の目もあったが、どちらも姉川での敗戦が尾を引いたのか、亀のように比叡山に籠もったままで出撃しようとはしなかった。

「ご仲介を願いたく」

足利義昭に信長が頼み、六角氏との和睦はなった。

なんとしても信長の力を削ごうとしていた足利義昭であるが、織田の力がなくなるのはまずかった。

信長の後ろ盾を失えば、己の首は三好三人衆によって刎《は》ねられる。

しぶしぶながら、足利義昭は六角氏との間を取り持った。

「これで伊勢が救える」

尾張から伊勢へ行くのが難しくなった今、近江から甲賀の山をこえて伊勢へいたる道は生命線であった。

信長にとって、伊勢はなんとしてでも確保しておかなければならなかった。やっと家督争いのもととなる次男、三男を養子に出せたのだ。ここで伊勢を失い、息子二人を引き取るようなまねになることは、避けたかった。

「次は、三好だ」

九月から兵を摂津へ出している三好三人衆の疲れを信長は見抜いていた。

四

一斉に蜂起したはずだった諸勢力の連携は、信長による個別切り崩しで、あっさりと崩壊した。

「冬になっては、国に帰れぬ」

越前から出てきていた朝倉義景は、信長との話し合いを待っていたかのように引きあげてしまい、冬の間援軍が望めない浅井長政との間に亀裂を生じた。

また、最大勢力であった石山本願寺も、正親町天皇の勅意を受け、信長と和睦せざるを得なくなった。

こうして、信長の危機は終わった。

「甘かったわ」

足利義昭にかまけ、周囲を見きれていなかったことを、信長は反省した。

「やはり手近なところから、崩すべきである」

信長は浅井攻めを開始した。

翌元亀二年（一五七一）二月、信長は浅井家の重臣磯野《いその》丹波守《たんばのかみ》員昌《かずまさ》の籠もる佐和山《さわやま》城を攻め、これを降伏させた。

「小谷を封じろ」

佐和山城を腹心丹羽長秀に与えた信長は、五万の大軍で長島に攻め入るが、揖斐川、木曽川などからなる天然の要害と、死を怖れぬ一向宗徒の戦いぶりに撤退を余儀なくされた。

「朝倉が出てくる」

農閑期となる夏、朝倉義景がふたたび大軍を率いて近江へ出てくるとの噂が信長の耳に入った。

「また籠もられては面倒だ」

信長は、比叡山を破却すると決定した。

「前代未聞のことでございまする」

王城鎮護の比叡山を攻めた者はいない。佐久間信盛《のぶもり》、武《たけ》井《い》夕《せき》庵《あん》ら重臣の諫めも信長は聞かず、九月十一日、三万の兵を使って比叡山を包囲した。

「なにとぞ」

本気だと悟った比叡山があわてて信長に詫びを入れてきたが、すでに遅かった。

「夜明けとともに攻めのぼる。抵抗する者は一人も逃すな」

信長が厳命した。

比叡山の詫びは遅すぎた。

金を差し出し、二度と織田に逆らわないと申し出たが、すべては後の祭りであった。

「滅せよ」

元亀二年九月十二日、夜明けとともに織田信長は、進軍を命じた。

「火をかけよ」

明智光秀、丹羽長秀らが、比叡山の城下町ともいうべき坂本と、比叡山に与し、琵琶湖の水運を支配してきた堅田《かたた》水軍の本拠地、堅田に火をかけた。

坂本は比叡山に集まる金を貸して、その利ざやを稼いでいる堕落した僧侶と商人の町であり、堅田は水軍の本拠とはいえ、陸上の戦闘では、戦い慣れた織田軍の敵にならず、すべての建物が灰燼《かいじん》に帰した。

「登れや、登れ」

木下秀吉《ひでよし》、柴田勝家、佐久間信盛らの将兵が、山頂目指して駆けた。

「仏敵が」

「地獄へ墜《お》ちよ」

比叡山の抱える僧兵が抵抗するが、数の差には勝てない。

「日吉《ひえ》神社まで下がれ」

比叡山の鎮守社日吉神社に僧兵たちが籠もったが、信長は躊躇《ちゅうちょ》しなかった。

「意に染まぬもの、賀茂河の水、双六の賽、山法師」

白河法皇をして、手の施しようもないと嘆かせた比叡山の僧兵が担いだのが日吉神社の神輿であり、朝廷でさえその行く手をはばめなかった権威ある日吉神社も、信長の前には抗し得なかった。

「破戒僧どもをなで斬りにいたせ」

信長は、比叡山に属していながら、金を貸し、女犯《にょぼん》と肉食《にくじき》の戒を破っていた僧侶、僧兵、その寵愛を受けていた妾、寵童を許さなかった。

「思い知ったか。吾に敵した者はこうなる」

信長は虐殺の血しぶきを浴びた姿で、京へと凱旋《がいせん》した。

朝廷さえ手出しできない、比叡山に鉄槌《てっつい》を下した。死後の安寧のために御仏にすがる人々にとって、傍若無人な信長の行動は、まさに悪鬼羅刹《らせつ》な行状であった。

「ちか比《ごろ》ことのはもなき事にて、天下のため笑止なること、筆にもつくしかたき事なり」

正親町天皇も女御の口を借りて非難をし、

「仏法破滅、王法いかがあるべきことか」

信長と親しい公家の山科言継も憤慨した。

「それがどうかしたのか」

第六天魔王、仏道の修行を妨げる悪の権化と罵られた信長は、開き直った。

「吾に逆らう者どもに、思い知らせてくれる」

周囲全部が敵という経験をした信長は、まずそれを引き起こした元凶である足利義昭を押さえつけにかかった。

すでに信長は、浅井長政の裏切りの背後に足利義昭がいたことを摑んでいた。

元亀二年十一月、足利義昭によって幕府政所執事に任じられた摂津掃部頭晴門《かもんのかみはるかど》を更迭、その後任として代々政所執事を務めてきた伊勢氏の貞興《さだおき》を置いた。

ただ、伊勢貞興はまだ十歳と若年であるとして、信長が政所執事の任を代行した。

こうして、信長は足利義昭から天下の政を取りあげた。

「不遜《ふそん》なり」

足利義昭は強く反発したが、京の支配者は信長であり、独力でこれを退けることはできない。

「織田を討て」

結局、足利義昭は、またも各地の大名に信長追討の御内書を撒いた。

「許せじ」

これに武田信玄晴信《はるのぶ》が呼応した。すでに先年、正室同士が姉妹であり、相婿《あいむこ》となる石山本願寺の顕如から誘いを受けていたこともあり、武田信玄は信長との間に結んでいた同盟を破棄した。

武田信玄にとって、なにより好都合だったのは、大の武田嫌いであった北条氏康《うじやす》が元亀二年十月に死去したお陰で、決別していた北条氏との同盟が再締結できたことである。

元亀三年（一五七二）一月、北条氏康の跡継ぎ氏政《うじまさ》は、上杉家との同盟を破棄、武田信玄と手を結んだ。

「怒り狂っておろうな、謙信《けんしん》」

宿敵の弱体化を図れた武田信玄は、続けて追い打ちをかけた。

織田との戦いに手を貸してくれと頼んできた顕如に、武田信玄は上杉の領内である越中《えっちゅう》で一向一揆を起こすように求めた。

　顕如にしてみれば、書状一つですむ。

「法主さまからの御諚《ごじょう》である」

　越中の勝興寺《しょうこうじ》、瑞泉寺《ずいせんじ》が信徒を扇動、越中の国人椎名《しいな》右衛門大夫《うえもんのたいふ》康胤《やすたね》らも挙兵した。

「これで動けまい」

　上杉謙信の動きを封じた武田信玄は、十月、信長の同盟者徳川家康の領国、三河への侵攻を開始した。

　当然、信長のもとにこれらの動きは届いていた。

「愚かなり。飾りとはいえ、将軍として君臨できていたものを」

　政所を奪い取ることで、足利義昭への警告をした信長は、その意味がなかったことを嘆いたが、そのままにしておく気はなかった。

「こちらから兵を起こし、将軍を攻めるわけにはいかぬ」

　十三代将軍足利義輝が言うことを聞かないとして討ち果たした三好家が、その後どれほどの反発を受けたか、信長はよくわかっていた。京を支配しながら、十四代将軍の義栄を入洛させられず、とうとう信長によって、畿内から追い落とされるほどに衰退したのは、将軍殺しという悪名が響いたからだ。

「向こうが、挙兵したならば、それに応じるのは当然のこと。あの愚か者を殺しさえしなければいい。京から追うてくれようぞ」

ついに信長は、足利義昭との決別を決めた。

元亀三年十月、武田軍が徳川領へ侵攻するのと合わせたように、織田信長は足利義昭に十七条からなる詰問状を突きつけた。

「光源院《こうげんいん》さまは、宮中への参内を怠られ……」

十三代将軍足利義輝を批判することから始まる詰問状は、足利義昭を徹底的に罵った。

「恣意をもって人事をなし、賞すべきを賞さず、小人を引きあげ……」

信長に与する者を嫌い、己に媚《こ》びる者だけをかわいがるなど、人の上に立つ者のすることではないと叱り、

「諸国の大名に馬を強請《ゆす》るなど……」

馬を強請るのは、純粋に馬を欲しがっているわけではなく、軍勢を京に派遣しろと促しているのであり、信長だけでは不安だからなのだな、上洛させてもらった恩はどうしたと脅しつけ、

「人を抱えず、金を貯めこんでいるのは、牢人となって京を逃げ出すおつもり……」

将軍としての務めを果たさず、いざとなれば落ち延びるつもりだろうと笑い、

「今の将軍は欲深いから、なにを言っても無駄だと百姓までが、公方さまのことを悪御所と呼んでおりまする。少しは考え直されるべきかと……」

最後は義昭を嘲弄した。

「…………」

受け取った足利義昭が絶句するほど、信長の詰問状は、辛辣であった。

「おのれ、弾正忠」

詰問状を破り捨てて、足利義昭が激怒した。

「武田が来る。さすれば石山本願寺も動こう。そのときこそ躬も立つ」

機を見て信長と戦う。足利義昭も決断した。

「三好左京大夫、松永弾正少弼《だんじょうのしょうひつ》にも報せよ」

ついに足利義昭は、実兄義輝を害し、己を放浪の日々に追い立てた仇敵、三好義継、松永久秀にも下知を出した。

「有象無象が集まったところでどうということはない。問題は武田だけじゃ」

信長の目は東に向いていた。

武田信玄の侵攻は、遠江、三河、信濃と三手に分かれながらも、怒濤《どとう》の勢いであった。

「好きにやられてたまるものか」

徳川家康も血を吐く思いで今川から取り戻した三河、奪い取った遠江を守ろうとしたが、一日で北遠江の天方《あまがた》城を始めとする諸城を落とされ、十二月の半ばまでに遠江のほとんどを失うという被害を受けた。

「ここで止める」

織田信長も武田の勢いを抑えようと、猛将佐久間信盛を始めとする五千ほどの援軍を浜松《はままつ》に出した。

「かかれ、かかれ、三河武士の意地を見せてやれ」

十二月二十二日、浜松城の北、三方《みかた》ヶ原《はら》でおこなわれた決戦は、徳川、織田の大敗北で終わった。

「こうなれば、浜松城の堅固に拠《よ》る」

徳川家康が武田の猛攻を覚悟した。

しかし、武田は動かなかった。武田は、浜名《はまな》湖の北岸刑部《おさかべ》に陣を張り、越年した。

「朝倉が出てくるのを待つつもりか」

信長は武田信玄の意図をそう読んだ。

戦国最強の名を恣《ほしいまま》にする武田軍だが、甲州から京までという長期に及ぶ遠征の経験はなかった。

軍の行動には、巨大な消費を伴う。今回武田軍が動員したのは二万七千という大軍である。

兵は一日におよそ米五合を消費する。他に味噌《みそ》や干し大根なども食べるが、米だけに限定しても、全軍で百三十五石になるのだ。多少は近隣で徴発するとしても、本国から持ち出さないわけにはいかなかった。

その距離がどんどん長くなる。

さらに、ここから先の三河、尾張、美濃は、徳川、織田の本拠地になる。遠江のように、武田の威に恐れ入ってはくれない。抵抗は激しくなる。となれば、補給が続かなかった。

武田信玄は、その抵抗を減らすため、朝倉や浅井などを利用しようとしていた。

勝ちにのって進むからこそ、軍は強い。一度止まると、その勢いは減る。

本来ならば、武田信玄も三方ヶ原の戦いで、織田、徳川の同盟軍を撃破した勢いをかって、浜松、そして三河、尾張へと進みたかった。

だが、武田信玄は遠江と三河の国境で、陣を張った。

「なぜ、軍を退かれたか」

武田信玄が怒ったのは、朝倉義景であった。

朝倉義景は、武田信玄が来るという足利義昭の誘いにのり、浅井長政と組んで近江へ出兵、木下あらため羽柴《はしば》秀吉の籠もる虎御前山《とらごぜやま》砦に襲いかかるが敗退、十二月三日に越前へ帰ってしまった。

　雪で本国との連絡が絶えるのを嫌ったためであったが、織田信長への圧力が大きく減じたのは確かであった。

「ひとまずは安堵じゃ」

　四面楚歌のなかながら、信長は正月を岐阜城で祝った。

　三年前の危機のときとは違って、信長には余裕があった。

　すでに比叡山を潰し、浅井を小谷城へ閉じこめ、石山本願寺とは勅命で和睦している。

「朝倉左衛門督の肚は、小さい。とても天下を望む器量ではない」

　理由をつけたとはいえ、砦一つ落とせなかったというのに背を向けた朝倉義景を、信長は敵として勘定するのを止めた。

　武田による東からの圧力は変わらずあるが、北からの圧迫が減った。

「せめて浅井を解放するくらいのことをしてみせねば、見捨てられるぞ、左衛門督」

　信長は朝倉義景を嘲笑した。

「雪が溶けるまで、朝倉は出てこぬ」

　冬になると国元との往来ができなくなる。すなわち兵糧が続かないという危惧のために朝倉義景は近江から引きあげた。つまり、春になるまで、出てこないということになる。

「朝倉なしで浅井は動かぬ。美濃と京の通行が安泰な、今のうちにすべきじゃな」

信長は嫡男奇妙丸の元服をおこなうことにした。

武家の元服は厳かなものである。

元服をすることで一人前の武士として扱われるようになり、前髪を落とし、幼名を通称に、そして諱《いみな》を与えられる。

「奇妙丸。今後は菅九郎信重《のぶしげ》と名乗るがよい」

織田信長が、嫡男奇妙丸に告げた。

「かたじけなく存じまする。元服をすませたうえからは、織田のため粉骨砕身いたす所存でございまする」

奇妙丸あらため、菅九郎が手を突いた。

「うむ。長谷川惣兵衛《はせがわそうべえ》らを与える。使いこなしてみせよ」

満足そうにうなずいた信長が、菅九郎に述べた。

「はっ」

「先日のような形ではすまぬぞ。次こそ初陣だと思え」

「はっ」

緊張した面持ちで、菅九郎が応じた。

昨年元亀三年七月十九日、信長は嫡男奇妙丸の具足始めとして、浅井家の小谷城へ馬を進めている。

一応初陣ではあるが、先陣の足軽たちが気勢をあげ、弓や鉄炮を射かけただけで、実際に戦いをしたわけではない。

「なにとぞ、お供を」

奇妙丸が何度も何度も頼みこんだことで実現した戦場視察のようなものであった。

「急がずともよい」

信長は嫡男の初陣はそれにふさわしいだけのものを用意し、奇妙丸の権威付けにしたかったのだ。

しかし、北畠へ行った次男茶筅丸が元服したというのが、奇妙丸を焦らせた。

もともと同母の弟というのもあり、奇妙丸と茶筅丸の兄弟仲はよかった。

それだけに兄として、奇妙丸は茶筅丸の手本となりたかったのだ。

「そなたが元服するころには、天下から戦をなくするつもりだったのだがな」

元服に興奮している嫡男を見て、信長はため息を吐いた。

嫡男奇妙丸に織田菅九郎信重の名乗りを与え、元服させたのは、十七歳と遅かった。

次男茶筅丸が一年早く元服したのは、養子として押しこんだ北畠家が不穏な様子を見せたからである。北畠具教の娘雪姫と婚姻を約して、次期当主となるのは決まっているが、元服していないと、どうしても立場が弱い。そのため、織田信長は嫡男よりも早く、次男を元服させたのだ。

「もう少し、好きにさせてやりたかったが……」

信長の元服は十三歳であった。初陣はその翌年、そして家督相続は十九歳のときであった。

父信秀の死を受けて、織田家の家督を継いだ信長は、いきなり窮地に陥った。十九歳と若い信長を侮った勢力が、蜂起したのだ。弟や叔父《おじ》から織田家の家督を狙われた信長は、家臣の裏切りにも遭いながら、なんとか家を維持した。

そのときの苦労を信長は忘れられなかった。

偉大なる父を持った跡継ぎの宿命ともいえる。世間はどうしても息子の出来を父と比べてしまう。

息子にとってこれほど理不尽なことはないが、その父の威名に守られてきたというのも確かである。

弱ければ呑みこまれる。

これは力が法である乱世において、絶対の真理であった。

父信秀の影に助けられもし、苦労もさせられた信長だけに、嫡男奇妙丸には同じ思いをさせたくなかった。

しかし、信長は信秀をこえた。今や信長の功績は日の本一といえる。

奇妙丸にかかる負担は己の数倍に及ぶ。

信長は奇妙丸が大人になるまで待つつもりだったが、世の流れがそれを許さなかった。

第四章　継承の始まり

一

奇妙丸の元服から幾日、元亀四年（一五七三）二月、織田信長との決別をあきらかにした足利義昭は、近江の堅田城に磯谷新右衛門久次《いそがいしんえもんひさつぐ》、石山城に山岡権大僧都景友《やまおかごんのだいそうずかげとも》ら幕臣を入れ、挙兵させた。

堅田も石山も琵琶湖と東海道に面し、ここを押さえることで、織田家の本国である美濃、尾張と足利義昭のいる京との間を遮断しようとしたのだ。

たしかに浅井長政が小谷城へ押しこまれる前ならば、十分にその役目を果たしたであろうが、すでに琵琶湖の水運は織田の支配下にある。

湖上から水軍による攻撃を受けた堅田城は、落城、また石山城の山岡景友は織田に与した兄景隆《かげたか》の説得を受け入れて開城、わずか二十日ほどで、足利義昭の策は潰えた。

「大きな灸《きゅう》を据えてくれる」

嫡男の元服という祝い事に水を差された信長は、大軍を率いて上洛、知恩院《ちおんいん》に陣を張った。

「旗幟《きし》をあきらかにせよ」

信長は足利義昭の側近、幕臣たちに、どちらへつくかの決断を迫った。

「我らの忠節は公方さまにある」

一色藤長、三淵藤英、真木島昭光《まきしまあきみつ》らは信長の勧誘を拒否し、

「弾正忠さまにお味方いたしまする」

細川藤孝、荒木村重らは信長に臣従した。

「変節漢め。将軍こそ武士の棟梁であるぞ」

怒った足利義昭は、信長との講和を拒否、二条御所へ籠城した。

「己で建てたものを焼くのは惜しいの。いずれ余の座所とするゆえな」

和睦を拒まれた信長は、その周囲、上京《かみぎょう》の町並みを焼き払った。

「御所への飛び火だけは避けよ。後は燃やせ」

上京にあった昵懇《じっこん》衆と呼ばれる将軍と近い公家、日野《ひの》や広橋《ひろはし》、正親町三条《おおぎまちさんじょう》らの屋敷は、灰燼に帰した。

足利義昭に味方したため、家を焼かれた。昵懇衆の公家たちは、当然、その補償を足利義昭に求めたが、幕府にそれだけの金はない。

「建て直してくれるぞ」

織田信長の誘いに昵懇衆は落ちた。

「なにとぞ、勅をお使わしくださいますよう」

昵懇衆が正親町天皇にすがり、四月五日、ようやく足利義昭と信長の講和がなった。

「これで一段落じゃ」

上京を焼く。

今まで綱紀粛正を厳とし、京の住民たちの信頼を得てきた信長が、それを捨ててまで足利義昭との和睦を急いだのは、武田信玄へ対抗するためであった。

「軍勢を尾張に配する」

信長は、京に出していた軍勢の多くを美濃、尾張に帰した。

「それにしても妙である」

信長は武田信玄の動きに首をかしげた。

朝倉義景の撤退を受けて、動きを止めた武田信玄は、一月、三河に向けて進軍、徳川家康の家臣菅沼定盈《すがぬまさだみつ》の守る野田《のだ》城を攻撃した。

わずか五百ほどの兵しかいない野田城を、武田信玄は三万の軍勢で囲んでおきながら、力攻めせず、わざわざ甲州から金山《かなやま》衆を呼び寄せて、穴を掘らせ、水の手を断つという迂遠《うえん》な手段を執った。

「なにを考えている、信玄」

これも信長を悩ませた一因であった。

結果、野田城は二月十日に開城し、武田軍は徳川家の本城岡崎城を指呼の間に捉えた。

浜松城は健在とはいえ、遠江はすでに武田のものとなり、ここで岡崎城が攻略されれば、徳川家の命運は断たれ、次は織田の本国尾張が侵される。

それを防ぐために信長は徳川への援軍を出さざるを得ず、武田に決戦を挑むことになる。

もし武田と勝負するならば、織田は近江、摂津、伊勢などに展開している全軍を集めなければならず、いっきに天下の形勢は変わる。

だが、武田軍は野田城を落としたところで止まった。

またしても武田軍が動かなくなった。

二月の十日に三河野田城を攻略、城将菅沼定盈を捕虜とした武田信玄は、そこで行軍を停止、滞陣に入った。

「どういうことだ」

徳川家康から、さらには織田家が抱える忍、饗談衆からの報告を受けた織田信長が首をかしげた。

「なにを考えている」

信長は武田信玄の思惑を読もうとした。前進せず、占領地で滞在することの目的は、大きく考えて二つあった。

一つは、これから先の状況が調べきれていないときである。

孫子の兵法を持ち出すまでもないが、相手を知らなければ、戦いは有利に進められない。

なんといっても尾張は織田の本拠なのだ。それも徳川における遠江のように、奪い取ってから日が浅いわけではない。織田の支配になってから長い。

なにより信長の代になってから、尾張は豊かになった。戦もなくなり、座《ざ》の廃止で商人の出入りが多くなり、ものの売り買いが楽になった。

そう、尾張は織田、いや信長のお陰で繁栄しているのだ。

それをわかっている住民たちが、武田信玄が来るからといって、易々と降伏なんぞするはずはない。

今川の支配から徳川に代わった遠江は、家康に馴染《なじ》みや親しみがなかったから、あっさりと寝返った。

尾張はそうではなく、それこそ滅びるまで武田に抗う。

とはいえ、すべてがそうではない。なかには信長に恨みを持つ者もいる。それらを探し出して、勧誘すれば織田を裏切る。

他にも川の流れや、城の位置、砦の装備など調べることは多い。

かなりの時と手間がかかる。

もう一つ、武田が動かない理由として思いつくのは、占領地の支配を確立するためというものであった。

比叡山を焼くような悪鬼羅刹たる織田を滅ぼし、将軍を助け、天下に善政を布く。

どれだけ立派なお題目を並べたところで、占領された土地の者にとっては、意味はない。

武田は本国の甲斐が貧しいため、占領地のすべてを搾取する。

さすがに行軍の最中にそこまではしないが、それでも兵糧の徴収はおこなうし、兵たちによる乱暴狼藉はある。

当然、こういったことに住民は反発する。しかし、軍勢がいればなにもできない。

だが、その不満が消えたわけではなく、深く静かに沈んだだけである。軍勢がいなくなれば、不満が爆発する。

織田と戦っている最中に、遠江で叛乱が起これば、本拠甲州との連絡が絶える。

そうなれば、どれだけ武田の兵が強くても、前後に敵を受けてやられてしまう。

それを防ぐには、徹底して武田の恐怖を身にしみこませるのがいい。

何年どころか何代もかけて、武田に馴染ませていくのがもっともよいが、そんな手間暇をかけている余裕はない。

「どちらもあるし、どちらもない」

信長は己の考えに納得していなかった。

「殿、一大事でございまする」

饗談衆を預かる沓掛城主梁田出羽守《でわのかみ》政綱が、またも信長に急報をもたらした。

「武田軍、引きあげていきまする」

「なんだとっ」

梁田政綱の話に、信長は驚愕の声をあげた。

遠江を破竹の勢いで落とし、信濃、三河へと攻略の手を伸ばした武田信玄率いる軍勢が、突然引きあげた。

「なにがあった」

武田と対峙している徳川家康ならずとも、驚く。

「理由は」

「わかりませぬ」

問うた信長に、梁田政綱が詳細はわかっていないと首を左右に振った。

「兵たちの士気は落ちていたか」

織田信長は、梁田政綱に確認した。

「兵糧が尽きたとは思えぬ」

他国へ遠征する軍勢がもっとも苦労するのは、補給である。どれほど精強な軍勢でも、兵糧が尽きれば戦えなくなる。兵糧の配給が減れば、雑兵たちが最初に戦う気をなくす。

軍神と讃えられる越後《えちご》の上杉謙信が、何度も相模《さがみ》の北条を攻めながら、攻めきれないのは兵糧が続かないからだ。

「しかし、そうとは思えぬ」

武田軍は二度にわたり、無駄な長期滞陣をしている。兵糧に不安があれば、留まらず火のような勢いで攻め続けるはずであった。

「甲斐がどこかに攻められたか」

武田家は北条と手を結び、後顧の憂いをなくしている。だが、北条との同盟は永遠のものではなかった。

なにせ、一年ほど前まで武田は北条と争っていたのだ。いつ、北条が同盟を破棄して、甲斐へ兵を出してもおかしくはない。親子兄弟、主君と家臣が争い合うのが乱世である。

裏切るほうが悪いのではなく、裏切られたほうが愚かと笑われる。

「助かったが……」

武田と織田では、兵の強さが違った。

隣国を侵して奪わなければ飢える兵と、豊かな物成りと商業で明日の心配も要らない兵、どちらが強いかなど言わずともわかる。

「三河兵は尾張兵三人に匹敵し、武田兵は尾張兵五人にあたる」

そこまで言われている。つまり、織田が武田に勝とうとするならば、少なくとも武田の五倍以上の兵力が要った。

二

謎に満ちた武田信玄の帰国の理由は、さほど日をおかず知れた。

「三年、吾が死を秘せ」

跡継ぎを心配したのか、征服した土地の叛乱を危惧したのか、武田信玄は死に瀕《ひん》して、そう遺言したと言われているが、人の口に戸は立てられない。どこからか武田信玄の死は漏れた。

「死んだだと」

武田信玄の死は、織田信長をも唖然とさせた。

「まことなのだろうな」

何度も、何度も信長は念を押した。

「天運、吾にあり」

武田信玄の死が事実であるとわかった信長は、歓喜の声をあげた。

「馬鹿な……」

「まさか」

対して足利義昭、朝倉義景らは呆然《ぼうぜん》となった。

「躬が立てば、大名どもも兵をあげよう」

足利義昭が信長への敵対の構えを見せた。

元亀四年七月三日、二条御所を三淵藤英らに預け、足利義昭は山城の真木島昭光が居城槇島《まきしま》城へと籠もった。

「今更なにを」

信長は再考を促したが、足利義昭は頑《かたく》なに拒んだ。

「ならば、やむなし」

信長は七万の大軍を率いて入京、三日で二条御所を降伏させた。

「攻めよ」

続けて信長は槇島城を取り囲んだ。

槇島城は京の南に広がる巨椋《おぐら》池の浮島に設けられた難攻不落の堅城であった。

「板を渡せ」

「休まず撃ちかけよ」

信長は城攻めにあらゆる手段を講じた。

「火を放て」

池を渡って近づいた織田軍は、城に放火した。周囲は逃げられぬ池、そこに火攻めを喰らって、槇島城は詰んだ。

「和を請う」

七月十八日、足利義昭が膝を屈した。

勝ったとはいえ、足利義昭を殺すことはできない。足利義輝を殺したことで天下に悪名を刻んだ三好の二の舞を演じ、その悪行を息子萱九郎信重に受け継がせるわけにはいかない。

織田信長は、足利義昭の息子義尋《ぎじん》を人質として要求したうえで、妹婿になる三好義継の河内若江《わかえ》城へと追放した。

「次は……」

信長は足利義昭を京から追放した後、朝廷に働きかけて、改元をおこなった。

「元亀では騒乱が多く、不吉でござる。新たなる元号を制定し、世に平穏を表明いたしていただきたく」

元号は朝廷と幕府の間で決められるのが慣例であった。それを織田信長は破った。足利幕府から織田へと天下の運営が代わったと世間へ報せるべく、信長は正親町天皇に要求した。

「君以下為基、民以食為天、正其末者端其本、善其後者慎其先」

南朝梁《りょう》の昭明太子《しょうめいたいし》が編纂した詩文集『文選《もんぜん》』から、天と正の文字が取られ、七月二十八日をもって改元がなされた。

「天正か。天が正しきを選んだ。いや、正しき天下を表している」

信長は新しい元号に満足した。

「畿内より足利の影響を消す」

足利義昭が降伏した後も籠城を続けていた岩成友通を信長は討ち果たし、京近くでの脅威を払った。

一度岐阜へ戻った信長は、越前の朝倉義景を討伐するための軍勢を起こした。

「父上、お供を」

嫡男菅九郎信重が随行を求めた。

「今回は辛抱いたせ」

「ですがっ」

元服をすませて名実ともに織田の跡継ぎとなってからの手柄がない。そのことを菅九郎信重は気にしていた。

「そなたには、そなたの役目がある。今は学べ」

信長は菅九郎信重の求めを拒んだ。

若い男、それも大名といわれる武将の跡継ぎともなると、周囲の期待に応えなければならないという思いと自負が強い。

「父上、なにとぞ、ご同行をお許しくださいませ」

菅九郎信重は食い下がった。

「菅九郎よ。今回、朝倉を攻めるは、天下の仕置きでもあるが、それよりも父の復讐よ」

「復讐……」

「元亀元年のことよ」

「あの、浅井が寝返ったとき」

言われた菅九郎信重が思い出した。

「妹婿の新九郎を、余から引き剝がしおった。己は満足に戦うこともなく、逃げてばかり。そんな朝倉に天下人たる父が耻を掻かされたのだ。雪《すす》がずばなるまい」

信長が菅九郎信重を説得した。

「いずれ、そなたには天下の耳目集まる戦いで一手の大将を任せる。それまでは、身体を作り、武術を磨き、文を学べ。天下人は健やかでなければならず、そして賢くなければ務められぬぞ」

「……わたくしが天下人」

菅九郎信重が信長の言葉に、息を吞んだ。

「そうじゃ。それが余の嫡子の宿命である」

「はっ。一所懸命にいたしまする」

次の天下人はおまえだと宣された菅九郎信重が感動した。

「では、吉報を待て」

信長が菅九郎信重の肩を叩いた。

朝倉と浅井に止めを刺すべく、信長は長きときをかけてきた。

「阿閉《あつじ》淡路守《あわじのかみ》、殿のもとへお仕えしたいと申し出て参りましてございまする」

羽柴秀吉が、浅井の重臣で山本山《やまもとやま》城主阿閉淡路守貞征《さだゆき》の寝返りを報告してきた。

「よし」

その報を受けた信長は手を打った。

天正元年（一五七三）八月八日、織田信長は三万の兵を連れて、近江へ出陣した。

「まずは、浅井を小谷に押しこめる。途中で出てこさせるな」

　信長は、まず浅井と朝倉の連絡を絶つことにして、山本山、月《つき》ヶ瀬《せ》、焼尾《やけお》の城、砦を降し、小谷城からの出入りを封じた。

「左衛門督さま、お見えでございまする」

　十日、浅井から救援の要請を受けた朝倉義景が二万の兵を率いて、小谷城の後詰めをすべく田上山《たがみやま》に陣を置き、織田に対抗すべく大嶽《おおづく》砦、丁野《ようの》砦などを構築した。

　これに対し、信長は田上山と小谷城の間に位置する山田山へ進出、朝倉を挑発した。

「山田山《やまだやま》へ押し出す」

「雨か」

　睨み合うこと二日、八月十二日の夜半、天候が崩れた。

「油断しているに違いなし」

　信長は桶狭間の悪天候を思い出していた。

「嵐こそ、織田の守り神である。続け」

　配下の部将にも報せず、信長は己の小姓、馬廻りなど一千ほどの兵で陣を駆け出し、大嶽砦を急襲した。

「織田が……」

　嵐で濡《ぬ》れることを嫌い、見張りもろくに立てていなかった大嶽砦は、抵抗もできずに陥落、多くの捕虜を信長は得た。

「放り出せ」

捕らえた朝倉の将兵を信長は解き放った。

「よろしいのでございますか」

黒母衣《くろほろ》衆の毛利新介《もうりしんすけ》が、朝倉の戦力として復帰するがこのまま逃がしてよいのかと問うた。

「臆病者の左衛門督じゃ、大嶽砦が落ちたと知れば、逃げ出すに違いない。それを追い立てる」

信長がこれも策だと言った。

戦場で追撃戦ほど楽なものはなかった。逃げるとなれば、兵の士気は落ちるし、鎧も前は厚いが後ろは薄い。

「治部大輔の跡を追え、左衛門督」

口の端を吊り上げて信長が笑った。

織田信長の予想は当たった。

大嶽砦に続いて丁野砦も落とした信長に怖れをなした朝倉義景が、軍を返した。

「今度は遅れるなよ」

奇襲に気づかず、寝ぼけていた部将たちを呼び出した信長が釘を刺した。

「よいな。今回で朝倉の息の根を止める。手柄はあげ放題じゃ」

信長が配下の柴田勝家、羽柴秀吉、滝川一益らを鼓舞した。

「おおっ」

勝ち戦と決まった。追い討ちとなれば、一方的に優位になる。

織田の将兵の意気はあがり、餓狼《がろう》のごとく朝倉勢へと襲いかかった。

「留まれ、戦え」

朝倉にも勇猛な将はいたが、恐怖にかられた兵たちは言うことを聞かなかった。

また、戦うのか降るのかの判断を下せない優柔不断な朝倉義景を見限った者も多く、足留めさえまともにできず、朝倉勢は壊滅に近い状況になった。

「もはやこれまで」

朝倉義景は残った五百ほどの手勢を率いて、居城一乗谷を捨てたが、逃げこんだ先で一族朝倉景鏡《かげあきら》に裏切られて、自刃した。

八月二十日、越前の太守として歴史を重ねてきた朝倉は滅んだ。

「さて、次は、おまえだ。義弟新九郎よ」

朝倉義景の首実検をすませた信長は、明智光秀、滝川一益、羽柴秀吉らに越前の仕置きを預け、軍勢を小谷城へと戻した。

「惣攻《そうぜ》めぞ」

元亀三年から築かせた虎御前山城に入った信長は、八月二十六日に総攻撃を命じた。

「手柄じゃあ」

越前の仕置きを弟羽柴秀長《ひでなが》に任せてまで参陣した羽柴秀吉が小谷城へ迫った。

羽柴秀吉は姉川の合戦以来、浅井家を抑える役目を担ってきた。

以来三年の間、浅井の家臣たちを寝返らせたり、砦を造ったりと苦労を重ねてきた。

そしてようやく、決戦となったのだ。この場にいて、相応の手柄を立てなければ、今までの苦労に見合う褒美をもらえない。

羽柴秀吉は必死であった。

「はげ鼠《ねずみ》がはしゃぐことよ」

瓢簞《ひょうたん》の馬印が、小谷城へ向かっていくのを、信長は虎御前山から見ていた。

「よろしいのでしょうか」

右筆《ゆうひつ》として信長の側に仕える武井夕庵が、羽柴秀吉の行動に懸念を表した。

越前の仕置きを預けられた羽柴秀吉が、近江にいるというのは、信長の命《めい》を軽視しているととられても仕方ない。

「よい。はげ鼠の手配りが役に立ったのは確かだ。これくらいは認めてやらぬとな」

信長が許すと告げた。戦国の主従関係は緩い。あるていどのことは許さなければ、仕え難いとして見限られかねない。

小谷城に籠もる兵は三千ほどに減っている。織田によって領地を奪われ、居城とその周囲しか残らなかったのだ。足軽を徴発するにも百姓がいない。年貢がほとんど入らないため兵たちを養えず、城を出ての戦いなど不可能である。かろうじて浅井に忠誠を尽くす者と、織田と敵対するよう仕向けた朝倉よりの者たちが抵抗している。降伏したところで、もう信長は許さない。わかっているから、命を捨てて一矢報いようと奮戦する。

　小谷城の堅固さもあったとはいえ、十倍からの織田兵を相手に、浅井は一日保たせた。

　だが、抵抗もそこまでであった。

　羽柴秀吉の策略で、浅井久政《ひさまさ》、長政親子の籠もる廓《くるわ》の連絡が絶たれた。連携が取れなくなった親子は個別に最期を迎えた。

「新九郎、おまえの目は曇っていたな」

　信長が黒煙をあげる小谷城を見ながら呟いた。

三

　朝倉と浅井を滅ぼした織田信長は、これを二度と裏切り者を出さないための見せしめとした。

朝倉義景、浅井久政、長政の首を信長は京でさらした。

さらに小谷城落城前に落とされた浅井長政が嫡男万福丸《まんぷくまる》を捕らえ、厳しく詮議して美濃と近江の国境、関《せき》ヶ原《はら》で串刺しに処した。

他にも降伏した朝倉、浅井の重臣たちが、切腹あるいは斬首された。

「やはり鬼じゃ」

比叡山焼き討ちの恐怖を思い出した公家や民たちが、信長の振る舞いに震えあがった。

「これで一向一揆どもも、余に逆らった者の末路を知り、おとなしくなるだろう」

信長はわずかな休息をとっただけで、長島一向一揆制圧へと出向いた。

しかし、「進まば極楽、退かば地獄」との筵旗を掲げる一向一揆たちは、信長を怖れなかった。

生きていたところで百姓は、武士によって搾取され、乱暴狼藉を受け、己の作ったものも喰えず、娘や妻を犯される。現世は地獄でしかなく、死ねば極楽に行けるとの教えにすがるのも無理はなかった。

死を拒まない者ほど、強いものはない。武士は戦う宿命にあり、死と隣り合わせで生きている。

とはいえ、武士の本質は戦場で敵を討ち、手柄を立てて、褒美をもらうことである。

つまり、生きて帰らなければ意味がないのだ。どれほど手柄を立てようとも、死んでしまえば褒美は受け取れなかった。

跡継ぎに褒賞は与えられるとされていても、やはり己で手にしたい。

ようは無駄死にをしたくないのだ。

武士は死を嫌う者でしかなく、死を救いととらえている一向宗徒には勝てなかった。

織田軍は長島一向一揆に手痛い敗北を喫した。

信長は、長島から撤収、畿内に残る足利義昭の残党ともいえる三好義継、松永久秀らへと矛先を変えた。

三好義継は足利義昭と義兄弟にあたる。そのため、京を追放された足利義昭を居城河内若江城へと迎え、信長へ叛旗を翻した。

すでに信長と敵対していた大和多聞山《たもんやま》城の松永久秀と連絡を取り合っていたが、戦いにさえならなかった。

「将軍を戦場におくは忍びなし」

織田が来る前に三好義継は、足利義昭を紀州へと落とし、存分に戦おうとしたが、若江三人衆と呼ばれた重臣すべてが、信長に寝返ってはどうしようもなかった。

三好義継は奮戦した後、割腹して果て、それを知った松永久秀は降伏した。

しかし、天正二年（一五七四）一月、落とした越前で一向一揆が起こり、信長の代官であった桂《かつら》田《だ》長俊《ながとし》が、殺された。

「一向一揆許さぬ」

激怒した信長は七月、長島との決戦を誓った。

「名を変えよ」

凶事で明けた天正二年を好転させるべく、信長は菅九郎信重の名乗りを変えさせた。

「信重をあらため、信忠といたせ」

「ありがたく」

菅九郎信忠が新しい名乗りを受けた。

「祝え、寿《ことほ》げ」

信長はこの儀式を慶事として、家中を鼓舞した。

「そなたも見ておけ。一向一揆というものを」

七月、信長は菅九郎信忠を伴って出陣した。

「一人も出すな」

長島一向一揆は老若男女が参加する。戦えない女子供まで抱えているため、兵糧攻めには弱かった。

木曽川、揖斐川、長良川の河口にできた中州を利用した長島一向一揆の砦を、信長は水軍を使って封じた。

織田によって占領されたところから逃げ出してきた一向宗徒まで受け入れた長島一向一揆は、たちまち兵糧不足に陥った。

「飢え死には嫌じゃ」

百姓にとって、田畑を捨てて城に籠もるのは、本意ではない。一揆もよほどのことがない限り、田植えを終え、刈り取りに入るまでの農閑期か、刈り取りの後かにおこなう。

今回は農閑期での一揆だったが、織田による封鎖で、己の田圃《たんぼ》に戻れなくなっている。そのうえ、兵糧が不足してきている。

このまま秋を迎えると、稔《みの》りを手にできなくなる。それは、来年も飢えるということであった。

「降伏したい」

一揆勢が使者を出して申し出てきたが、

「今更なにを申すか」

織田信長は一蹴した。

「逃げるぞ」

夜陰に乗じて大鳥居《おおとりい》城から千あまりの一揆勢が逃げ出そうとした。

「多すぎるわ」

闇を利用するならば、もっと少数で静かに行動すべきである。それを千もの一揆勢が蠢いては、寝ていても気づく。

「討ち果たせ」

見つかった千の一揆勢は、織田軍の総攻撃を受けて壊滅、大鳥居城は落ちた。

「思ったよりも愚かなのでございまするな」

菅九郎信忠が大鳥居城の末路にあきれた。

「もう少し見ているがいい」

信長は己の意見を口にしなかった。

「長島城へ逃がしてくれれば、織田に内通し、門を開ける」

大鳥居城の悲惨な末路を知った篠橋《しのはし》城の一揆勢が降伏を申し出た。

「うむ」

あっさりと信長はこれを認めた。

「情けなき」

菅九郎信忠がため息を吐いた。

しかし、長島城に入って、織田の攻撃に合わせ、裏切る。そう約束した篠橋城の一揆勢は、いつまで経っても動かなかった。

「父上っ」

織田信忠が信長を見た。

「わかったか。一向一揆は信じてはならぬ。いや、比叡山も同じであった。つまり、神だとか仏だとかを、戦いの理由とする者は信用できぬということよ」

最初からこの結末はわかっていたと信長が笑った。

「どこまで耐えられるか、見物《みもの》じゃわ」

篠橋城の一揆勢を受け入れた長島城が、すぐに兵糧不足となると信長はわかっていた。

「城を明け渡すゆえ、我らを解き放ってくれ」

九月二十五日、飢えに衰弱した長島城の一揆勢が降伏を申し出てきた。

「武器も金もなにも持たずというのならば、退城を許す」

信長は一揆勢の求めを許した。

「助かった」

安堵して長島城へ帰っていく使者を見送った信長が、口の端を吊り上げた。

「無手で出てくるはずはない。見ているがいい」

一緒に使者の相手をした信忠に、信長が告げた。

四日後、長島城の水門が開き、船に乗った一揆勢が出てきた。

「やはりな」

信長が呟いた。

「なにがでございましょう」

「船の沈みこみを見ろ。人だけならば、あそこまで船は水に浸からぬ」

「では……」

「鉄炮か金か、あるいは両方を積んでいる。長島を去った後、大坂石山本願寺に合流するつもりなのだろう」

そう断じた信長が、右手をあげた。

「放て」

待機していた織田の鉄炮隊が合図に応じた。

油断はしていなかった。

だが、武器を構えるわけにはいかず、なによりもさっさと織田の包囲を抜けたかった長島一向一揆勢は、襲いくる銃弾、降りかかる矢に対抗できなかった。

「ぎゃああ」

「助けて……」

たちまち血しぶきをあげ、老若男女の一揆勢が絶命した。

「おのれえ、悪鬼の信長めえ」

「地獄に墜ちよ」

船に乗っていた長島一向一揆勢の首領ともいうべき伊勢願証寺五世顕忍《けんにん》、石山本願寺から一揆の軍を束ねるために送りこまれた下間頼旦《しもつまらいたん》も討ち死にした。

「お上人さま」

その様子に一揆勢が憤怒した。

「極楽へのお供を」

喰うものもなく、まともに歩くことさえできないほどに衰弱していた一揆勢が奮起、包囲していた織田軍へと突撃した。

死を望んでいるとしか思えない一揆勢に、織田軍が押され、信長の兄織田信広《のぶひろ》、弟織田秀成《ひでなり》らが討たれた。

突っこんできた一揆勢はほぼ殲滅《せんめつ》したが、織田の被害も千に及んだ。

「あれが……」

その悲惨さに信忠が、震えた。

「わかったか。情けをかけると手を嚙まれる。敵となった者には気を許すな」

信長が信忠を諭した。

「さて、余を侮った報いを受けさせる」

怒りを露わに、信長が床几《しょうぎ》から立ちあがった。

「火をかけよ。一人も生かすな」

長島城を落とした信長は、残った一揆勢の籠もる城を火攻めにした。

「帰るぞ、菅九郎」

燃えさかる一揆勢の城を後にして、信長は岐阜へと馬を向けた。

四

長島一向一揆は壊滅した。

じつに二万人もの信徒が焼き殺された。

「…………」

比叡山を思い出させる焼き討ちに、天下は息を呑んで、織田信長を怖れた。

「残るは石山本願寺」

信長は、石山本願寺の後詰めともいうべき、長島を滅ぼした。

また越前で起こった一向一揆は、織田の勢力を駆逐したが、加賀から乗りこんできた七里《しちり》頼周《よりちか》らと越前一向一揆の間で、主導権争いが起こり、相剋し始めた。

もともと越前の一揆は、一向宗が主力であったが、朝倉家に代わって新しく越前を支配した桂田長俊の苛政に反発した百姓も加わっている。そういった百姓を七里頼周らは、加賀一向一揆の支配下に置いて、桂田長俊以上の年貢を課したのだ。

内部が荒れるのは当然である。越前の百姓にしてみれば、桂田長俊を討つことで生活が楽になると思ったのに、より厳しくなっては、話が違う。

越前は二つに割れて争い、とても信長へ手出しをする余裕はなかった。

「好機を逃してはならぬ」

信長は信忠を連れて、十万の大軍を畿内に向けた。

天正二年、信長によって三好義継が討たれ、畿内の状況が変化した。

河内若江城を追い出された足利義昭は、堺から紀州へと落ち、そこで武田勝頼、上杉謙信、徳川家康、毛利輝元《てるもと》らに御内書を送り、石山本願寺と協力して、京へ兵を進めるようにと命じた。

「将軍のお言葉である」

摂津の池田勝正、讃岐の十河《そごう》一行《いっこう》、阿波の三好康長《やすなが》らが呼応、織田に与していた細川昭元《あきもと》を攻め、これを追い払った。

合わせて石山本願寺も勅意による和睦を破り、挙兵した。

河内、和泉のほとんどを、足利義昭に従う者と石山本願寺に奪われた織田信長だったが、それ以上出てこられないように、摂津守護の荒木村重、高槻城主高山《たかやま》右近《うこん》らに兵を預け、京への進出を防がせた。

「長島は燃え尽きた」

天正二年十月、長島一向一揆を壊滅させた信長は、明智光秀、佐久間信盛、細川藤孝らに、石山本願寺攻略の拠点とするため、河内を平定させた。

「越前も動けぬ。とあらば……」

信長は石山本願寺攻めの準備を河内に派遣した諸将に命じた。

「京へ参るぞ」

信長は信忠を連れ、一万の兵を率いて京へ入った。

「させぬ」

少しでも戦いを有利にすべく、摂津を押さえようとして石山本願寺が兵を出し、荒木村重と交戦した。

「ござんなれ」

迎え撃った荒木村重は、一度敗れたが、機略をもって反撃、逆に石山本願寺方の大《おお》和田《わだ》砦、天満《てんま》砦を奪い取った。

「よくしてのけた」

荒木村重を褒めた信長は、この機を逃すべきではないと、ただちに京を進発、河内若江城に陣を布いた。

「残すは高屋《たかや》城のみ」

信長は、河内高屋城に籠もっている三好康長を攻めさせた。

河内高屋城は河内の東南にあり、足利義昭のいる紀州に近い。

ここを落とさないと、石山本願寺を攻めている最中に、紀州から出てきた雑賀《さいか》衆や紀伊守護の畠山氏の軍勢に背後を突かれかねない。

「兵を集めよ」

信長は高屋城を囲みつつ、畿内の諸将に動員を命じた。

畿内だけでなく、美濃、尾張の兵まで呼び寄せたことで、織田軍はかつてない十万という大軍となった。

「とても敵《かな》わぬ」

高屋城の三好康長は降伏し、織田信長に臣従した。

「次は石山本願寺じゃ」

信長は、河内国に紀州の畠山らが進出するのを防ぐため、高屋城以下の河内の城を破却し、矛先を変えた。

「殿、一大事にございまする。武田大膳大夫《だいぜんのたいふ》さま、甲州を発たれたとのよし」

天王寺砦へと移った信長のもとに、血相を変えた伝令が駆けこんできた。

「どこへ向かっている」

「長篠《ながしの》城ではないかと」

信長の問いに、伝令が答えた。

「……長篠城か。奥平《おくだいら》じゃな」

すぐに信長が読んだ。

奥平家は最初今川家に属していたが、桶狭間の合戦以降徳川に鞍替えし、武田信玄の三河侵攻に応じて寝返っていた。

「信玄死す」

徳川家康から教えられた奥平信昌《のぶまさ》は、武田大膳大夫勝頼を見限り、徳川へと戻った。独りでは生きていけない国人領主としては、当然の帰結だったが、武田勝頼は認めなかった。

「父には膝を屈し、吾には背くか」

偉大なる父を持った息子の不幸は、なにかにつけて比べられることである。そのなかでももっとも辛いのは、父に従っていた者たちの裏切りであった。

「仕えるに値せず」

「息子を信じたら、家が滅ぶ」

奥平信昌に、武田勝頼はそう言われたも同然である。

「なんとしても奥平を潰す」

怒り心頭に発した武田勝頼が、天正三年（一五七五）四月、奥平信昌の居城長篠城を包囲した。

織田信長は、武田勝頼が出陣してきたとの報に身を乗り出した。

「どれほどの数だ」

信長はなによりも、武田勝頼の兵力を気にした。

「一万五千ほどかと」

戦場に派遣される物見には、正確に数を把握する能力が求められる。伝令は、徳川家康の出した物見から教えられた数字を語った。

「勝ったな」

聞いた信長が膝を叩いた。

「どういうことでございましょうや」

名乗りを変えてから、信長について回ることの増えた信忠が、首をかしげた。

「かつて武田信玄が、三河へと攻めてきたときは三方から二万七千の兵を率いて参った」

「そのように伺っておりまする」

戦場譚《せんじょうたん》は武将の息子にとって大事な教育になる。信長は、己の戦の勝ち負けをそのまま信忠に語り、どこがよくて勝ったか、どこが悪くて負けたかを考えさせるようにしていた。

「武田信玄が率いた二万七千の兵は、減っていない。負けて国へ戻ったのではないからな」

三河から尾張、美濃を侵すために西上してきた武田軍は、武田信玄の急病死によって帰還を余儀なくされただけで、一度も負けてはいなかった。

「二万七千の兵が無事であったにもかかわらず、武田大膳大夫は一万五千しか連れてきておらぬ」

「今回は長篠城を落とすだけと考えたのではございませぬか」

信忠が、武田が少ない兵数で来た理由を推測した。

「長篠城は徳川が寝返らせたばかりだ。そこを奪われては徳川の面目が立つまい。かならず、援軍に出る。そして徳川が武田と戦うならば、織田は援軍を送りこむ。これくらい赤子でもわかる。武田大膳大夫はそれがわからぬほど愚かではなかろう」

「では……出さないのではなく、出せない」

「うむ」

信忠の言葉に信長がうなずいた。

信長と信忠、親と子が武田勝頼の長篠出兵にどう対応するかを話し合った。

「武田が動員できるすべてだというならば、我らの勝ちは決まったも同然」

信忠が武田軍の少なさに勝利を確信した。

「戦は数だけで決まるものではない。戦場は生きものである。風の向きが変わるだけで、大軍の利は消え去る」

信長が、信忠を注意した。

「ですが、こちらは三万、そこに三河守どのの軍勢が加われば、四万どころか五万にも届きましょう。倍どころか三倍でございまする」

信忠が勝てる理由を述べた。

妹おごとくが徳川三河守家康の嫡男信康に嫁いでいる。すでに徳川は織田の家臣も同然になっているが、その関係で信忠は家康に敬称をつけていた。

「たしかに織田は三万出した。少し足りぬ気もするが、武田が動いたというだけで踊りたがる馬鹿がいるのでな。これ以上は割けなかった」

「はい」

信長の言葉を信忠が受け入れた。

すでに朝倉、浅井はなく、三好の当主義継も滅んだ。畿内における織田に敵対する勢力は、石山本願寺だけといってもいい。その石山本願寺も、後詰めといえる長島、越前の一向宗徒を失い、織田と対峙はしているが、積極的に攻勢はかけてきていない。

「では、徳川はどうか」

まず織田の内情を語った後、信長が徳川家のことを口にした。

「三河守は全軍を出せぬ」

「なぜでございますか。今回の戦いも徳川の領内でおこなわれるもの。万一、負けるようなことがあれば、徳川はすべてを失うことになりかねませぬ。それこそ領内最後の一兵まで動員すべきでございましょう」

小さく首を横に振った信長に、信忠が驚いた。

「三河には一向宗の寺が多い」

「……一揆が起こると」

信長の答えに、信忠が息を呑んだ。

長島一向一揆との戦いに従軍した信忠は、一向宗徒の恐ろしさを見ている。槍の穂先を突きつけられようが、隣を進んでいる仲間が鉄炮で撃ち抜かれようが、一揆衆は止まらない。まるで恐怖を感じていないかのように迫ってくる。

「三河守は一度、痛い目に遭っている」

「話には聞いておりまする。三河守どのがようやく今川から自立できたころで、家中の半数以上が一揆に加わったとか」

信忠が首肯した。

「今回の武田進軍を、石山本願寺が黙って見ていると思うか」

「いいえ。かならずやなにかしでかして参りましょう」

「武田のために全軍を出して、浜松を留守にする。武田に勝ったが、領国を失ったでは本末転倒じゃ」

徳川家康が全力を出せない理由を信長が話した。

織田信忠が、父信長を見上げた。

「では、徳川家が動員できるのは……」

「もともと一万五千に足りぬ徳川だ。三河の安定にあていどを残すにしても、八千から一万は出すだろう」

「少ない……」

武田勝頼の率いる遠征軍にさえ届かない。信忠が落胆した。

「それでいいのだ」

「なぜでございましょう」

認めると言った信長に、信忠が怪訝な顔をした。

「余は、これ以上徳川を大きくする気はない」

「なっ……」

信長の宣言に信忠が絶句した。

「徳川は三河で、織田の本国尾張に接している」

「三河守どのが、裏切ると」

「…………」

　まさかと問うた信忠に、信長は無言で肯定を示した。

「そのようなことは……三河守どのの嫡男三郎どのは、妹婿でござる。織田の一門にございますぞ」

　信忠が反論した。

　徳川家康が今川から離れ、織田と同盟した。その保証として、後日人質交換で今川から戻された徳川家康の長男三郎信康と信長の長女おごとくが婚姻をなしている。

「三郎はいい。あれは余の息子である。だが、三河守がいかぬ。あれは猜疑心《さいぎしん》が強すぎる」

　信長が首を左右に振った。

　娘婿となった信康は、信長を慕っている。長く取り返そうともせず、今川の人質として放置していた父親徳川家康よりも、将来を買って娘をくれた信長を確実に信頼している。

　また、信長もそれに応じて、信康がおごとくと婚姻をした日、三河は任せたと満座の前で表明した。

　もちろん、徳川家康にしてみれば、三河は己が苦労して取り戻した本国だけに、内心忸怩《じくじ》たるものはあっただろうが、遠江の支配を巡って今川と戦いを繰り返していた当時は、織田の後援がなければやっていけなかったため、黙ってそれを受け入れていた。

「徳川が領国を広げたいと考えたところで、西の尾張、北の信濃は織田が押さえている。矛先を伸ばせるのは武田の甲斐と駿河。まあ、この二つくらいは徳川にくれてやるつもりでおる。三河、遠江、駿河、甲斐を合わせれば百万石をこえる。これくらいが、吾が娘婿にふさわしい。だが、それ以上は増えぬ。東には北条が、北には上杉がある。徳川の力だけで、この両者を倒せるか」

「無理でございましょう」

四国を支配したところで、動員できる兵数は八万に届かない。北条も上杉も、その倍近い兵数を出せる。

信忠が否定した。

織田信長が、信忠に質問を続けた。

「武田を滅ぼした後、織田はどう動くと思う」

「東の脅威がなくなるわけではございませぬが、かなり軽減されましょう。となると、今度は石山本願寺」

「そうだ」

信忠の答えを信長が認めた。

「しかし、石山本願寺は容易ならざる敵である。宗徒どもは死を怖れず、信者から集まる金で購《あがな》って武器も弾薬も豊富だ。それに毛利家が後詰めとしてある。毛利は足利義昭に唆《そそのか》されているだけだろうが、それでも中国の覇者は強敵である」

「………」

信忠が黙って信長の話を聞いた。

「武田を滅ぼした後、織田は西に張りつくことになる。もちろん、上杉への対応はする。そちらは上杉が上洛できないよう抑えるだけでいい。西が片付けば、次は上杉に全力を傾ければいい」

「北条は……三河守どのに預けると」

「預かれればよいがの」

たしかめるような信忠に、信長が苦笑した。

「余が怖れているのは、織田が兵力を西に集中させているところで背後を突かれることじゃ。三河守が北条と手を組み、尾張、信濃へ侵攻すれば、たちまち混乱が生じる。本国がそのようなありさまでは、とても石山本願寺と戦っている余裕はなくなる」

「ごくっ」

信長の説明に、信忠が喉を鳴らした。

「三河守が三河の一向宗徒と協力して、尾張へ踏みこんできてみろ。一掃したはずの長島でもふたたび火の手があがるぞ」

根絶やしにしたつもりでも、一揆衆は生き残っている。百姓を全部殺してしまえば、その土地から年貢が取れなくなる。一向宗徒だとわかっていても、一揆に参加していなかった者や、逃げ出した者などは咎められずそのまま長島にいる。

「そうなれば、織田はどうなるか」

信長が信忠を見つめた。

「三河守はわかっているぞ。これ以上織田のもとにいては、羽ばたけぬとな」

「……まさか」

信忠が呆然とした。

「では、長篠城を助けぬほうがよろしいのでは」

長篠城が武田に取り戻されたら、家康の評判は地に墜ちる。寝返ってきた者を救えなかった武将に、今後降伏する者はいなくなり、誰もが最後まで敵対する。そうなれば、戦は厳しいものになり、家臣たちの被害も増えた。

信忠が家康を見捨てるべきではと提案した。

「今はそのときではない。せめて石山本願寺を潰してからでないとの。まだ徳川の反感を買うわけにはいかぬ。その代わり、余は徳川に見せつけてやろうと思う。織田の強さをの」

信長が笑った。

五

天正三年四月二十一日に武田勝頼は、長篠城を取り囲んだ。長篠城に籠もる奥平信昌の兵は五百ほど、一万五千の武田軍に囲まれては、何一つすることもできなかった。

だが、武田勝頼も長篠城を力攻めにはしなかった。寒狭《かんさ》川と大野《おおの》川の合流する小さな崖の上に造られた長篠城は天然の要害であった。南と東西を川と峻険《しゅんけん》な崖で守られており、攻め口は北にしかない。その北側も狭い通路が、大きく曲がりくねっているため、大軍で攻め寄せることは難しかった。

「二度と武田に逆らう気が起きぬよう、心を折れ」

武田勝頼は、兵を損じることを嫌い、城中の士気が落ちるのを待った。

「援軍をたまわりたし」

蟻の這い出る隙もない包囲を受けている長篠城から、決死の使者が浜松城まで来た。

「かならずや救う。今少し耐えよ」

徳川家康は救援を約束した。

奥平信昌は遠江と信濃との国境を扼する。水運と街道の両方に睨みを利かせられる場所におり、かなり強力な国人領主であった。

とはいえ、この乱世、独立を保つには力が足りず、今川、徳川、武田と与する相手を替えて生き延びてきた。

いわば、信用ならない相手である。それを徳川にくくりつけるため、家康は奥平信昌に長女亀《かめ》姫を与えた。

これを受けて奥平家は武田家と縁を切り、徳川へ鞍替えした。

それだけに家康も奥平を見捨てられない。

大名と国人領主、寄親《よりおや》と寄子《よりこ》は相互援助の関係であった。寄子は寄親への軍役を果たし、寄親は寄子を助ける義務を負う。いかに大名が強いからとて、国人領主を見捨てるようなまねをすると、他の国人領主たちも次は吾が身と離れていく。

もともと大名の武力は、家臣団と国人領主たちの軍勢から成り立つ。当然、いつ敵になるかわからない国人領主たちは、先陣に配される。もっとも苛烈な環境ですり減らされる国人領主たちは、譜代の家臣たちの盾代わりでもある。その国人領主を失えば、その影響は家臣たちに及ぶ。

「まもなく織田どのが、大軍を率いてお出《い》でくださる」

奥平家からの使者を帰した家康が、蒼白な家臣たちを前に報せた。

「大軍とはどのくらいでございましょうか」

家臣の一人が恐る恐る問うた。

「三万じゃ」

「……三万。武田の倍」

「おおっ」

家康の口から出た軍勢の数に、家臣たちが声をあげた。

先年、武田信玄が攻めてきたとき、徳川は散々に打ち破られた。それ以降、武田と聞くだけで、徳川の家臣たちは顔色をなくしてきた。

「しかも鉄炮を数千挺、お持ちくださる。鉄炮さえあれば、武田が近づく前に倒せる」

「数千挺の鉄炮とは豪儀な」

徳川家臣団が、意気軒昂《けんこう》となった。

天正三年五月十二日、織田信長は三千挺の鉄炮を抱えて岐阜を発した。

「ご助力、かたじけなし」

「我らの仲ぞ、当たり前じゃ」

浜松城から出てきた徳川家康と合流した信長が手を振った。

「このたびは、よしなにお願いいたしまする。義兄上《あにうえ》」

「戦場では、そちらが先達じゃ。こちらこそ頼み入る」

徳川信康の挨拶に、信忠が応じた。

信忠と信康は二歳違いで、信忠が上になる。しかし初陣では、数カ月の違いでしかないが、信康が早かった。

「さて、勝ちに参ろうぞ」

信長が二人の息子たちの肩を叩いた。

五月十八日、長篠城を包囲している武田軍の西北の三河国設楽原《したらがはら》に、織田、徳川連合軍は陣を布いた。

「背を突かれる」

長篠城を包囲しているその外側に、織田、徳川連合軍勢が来た。

武田勝頼は、長篠城の抑えとして築いた鳶《とび》ヶ巣山《すやま》砦などに千余の兵を残すと、寒狭川を渡河して、織田、徳川連合軍と対峙した。

「なんじゃ、あれは」

武田勝頼は、織田、徳川連合軍の前に延々と作られている木柵の異様さに驚いた。

「出撃せず、我らを柵へ呼び寄せて、長柄槍《ながえのやり》で突こうというのではございませぬか」

宿老馬場《ばば》信春《のぶはる》が、推測した。

「あのていどの柵で、我らを止められると」

聞いた武田勝頼が呵々《かか》大笑《たいしょう》した。

「しかし、数は織田、徳川が三万五千ほどと、我らに倍しまする。その数の有利を無視するような柵を用意するのは、いささか不審。この場は一度退かれるが吉かと」

生涯負けなし、無傷の名将と讃えられる戦上手の馬場信春が、武田勝頼に進言した。

「なにを言われるか。我ら武田の兵《つわもの》は三河の兵《へい》の三倍、尾張兵の五倍強いと謳われる天下最強の兵でございまする。あの柵は我らへの恐怖の表れ。しかし、あのていどの柵などなんの支障にもなりませぬ。臆病者どもを蹴散らし、御大将さまのお名前を天下に轟《とどろ》かせましょうぞ」

取次《とりつぎ》衆として武田勝頼の側近である跡部《あとべ》勝資《かつすけ》が、戦うべきだと勧めた。

「そうよな。ここで退いては、余が織田を怖れたと笑われよう」

武田勝頼が戦うと決めた。

「決戦は、明日の朝とする」

「はっ」

父武田信玄の遺言で、武田家の当主は勝頼の息子信勝《のぶかつ》に譲られている。ただ、信勝がまだ九歳と幼く、戦に出るわけにはいかず、父勝頼が陣代として軍勢を率いていた。

当主でないとはいえ、陣代は戦場における当主である。

武田勝頼の決定で、決戦は五月二十一日と決まった。

「どれ、武田の目を覚まさせてやろうぞ」

前もって陣を構築していた信長が、口の端を吊り上げた。

五月二十日、織田信長は、徳川家康の重臣酒井《さかい》忠次《ただつぐ》を呼んだ。

「ここは徳川家の所領じゃ。織田が先鞭《せんべん》を着けるのはいささかまずかろう」

「お気遣いをいただき、かたじけのうございまする」

信長の言葉に酒井忠次が感謝した。

「そこでじゃ、夜襲をかけてはどうじゃ」

「夜襲、武田の本陣にでございまするか」

言われた酒井忠次が驚いた。

武田家の本陣は、遠目に見ても見張りが立ち、油断しているようには思えない。そこへ、いかに夜襲とはいえ、気づかれないほどの数で攻めても一蹴されて終わる。それこそ、夜襲に加わった将兵は、総討ち死にしかねなかった。

「鳶ヶ巣山砦よ」

長篠城の将兵を閉じこめている武田側の砦の名を、信長は口にした。

「……鳶ヶ巣山砦を」

「そうしてやれば、奥平の者どもも喜ぼう」

唖然とした酒井忠次に、信長が笑いかけた。

「兵と鉄炮を二千貸してやる。やれるな」

「はっ」

ここまでお膳立てしてもらって、できないと言うわけにはいかなかった。

酒井忠次が身を引き締めた。

深夜、鳶ヶ巣山砦に鉄炮が撃ちこまれた。

「なんだっ」

本隊に背後を守られているはずの鳶ヶ巣山砦は、寝入っていたところを襲われて恐慌状態となり、あっさりと陥落した。

逃げ出した兵たちが、あわてて本陣へ駆けこみ、武田の陣営が騒然となった。

「おのれ、織田」

武田勝頼が激怒した。

「兵を出せ、鳶ヶ巣山砦を取り返す」

「お待ちくださいませ」

出兵すると言った武田勝頼を、跡部勝資が止めた。

「明日、織田と徳川を滅ぼせば、鳶ヶ巣山砦どころか長篠城も手に入りまする。日が昇るまであと一刻（約二時間）ほど。それだけあれば兵も落ち着きましょう。今少しのご辛抱を」

「……わかった」

寵臣に宥められて、武田勝頼が憤怒を抑えこんだ。

逃げてきた兵のうち、怪我《けが》などで戦えない者を後ろに下げ、それ以外を陣形に組み入れたところで、夜が明けた。

「腹一杯に喰うなよ。腹を刺されたとき、胃が膨れていたら、助からぬぞ」

戦いなれた将が、腰兵糧の糒《ほしいい》を水筒の水でふやかして喰っている兵たちに注意をした。

「飯を終えたな。ならば、かかれっ」

武田勝頼が、軍配を振りおろした。

武田の軍勢が動き出すころには、織田と徳川の連合軍の用意は整っていた。

「者ども、目を見開いてとくと見よ。これからの戦いをの」

織田信長が右手をゆっくりとあげ、一気に振りおろした。

「…………」

信長のすぐ後ろで床几に腰掛けていた信忠が、立ちあがって身を乗り出した。

「鉄炮隊、前へ」

遮るように柵の前を塞いでいた足軽たちが、後ろに下がった。代わって、控えていた鉄炮隊が前に出た。

「あれは……鉄炮」

織田と徳川連合軍のもとへ駆け寄っている武田の将が、柵から出ている筒先に気づいた。

「かまうな。鉄炮は最初の一撃だけじゃ。兜を傾けて走れ。脅えた者から撃ち抜かれる。八幡神《はちまんしん》のご加護を信じて突っこめえ」

兵たちの怯《おび》えを抑えるために、将が叫んだ。

鉄炮があることに気づかないと、その射撃音や撃ち抜かれて倒れる同僚に驚愕して、列を乱す者が出てくる。

「間合いに入った」

鉄炮足軽頭が、鉄炮の届く範囲まで武田軍が近づいたと読んだ。

「放て」

構えていた千をこえる鉄炮が、火を噴いた。

「ぎゃっ」

「うわ」

たちまち武田軍の先頭の多くが倒れた。

「気にするな。次の弾が来るまでに柵へ取りつけば、我らの勝ちじゃ」

怯《ひる》みそうになる兵たちを将が鼓舞した。

「次、用意」

控えていた第二陣の鉄炮隊が、すばやく下がった第一陣に代わって出た。

「構え次第、放て。すでに間合いじゃ」

鉄炮足軽頭が、好きに撃っていいと告げた。

「撃ち終わった者は、すぐに代われ。途切れずいけ」

「騎乗の武者を狙え」

次々と鉄炮足軽頭が指揮した。

「……これは」

「馬鹿な」

途切れぬ銃声、次々と倒れる将兵の姿に、信忠と武田勝頼が唖然とした。

「見たか、信忠。これが余の考えるこれからの戦いじゃ。槍の名手でも足軽が操る鉄炮で撃たれる。名だたる武将の数をそろえるのは難しいが、鉄炮は金さえあれば集められる」

「金さえあれば……」

父信長の教えを、信忠が繰り返した。

「さて、そろそろじゃの」

そろっていた銃声がばらついてきた。

「よくぞ、我慢した。今こそ手柄の立て放題ぞ。者どもかかれ」

信長が立ちあがって、待っている将兵に突撃を命じた。

長篠城を巡る攻防戦は、織田と徳川連合軍が野戦に持ちこんだ結果、勝利となった。

本来は武田相手に野戦を挑むなど、無謀もいいところであったが、馬防柵と鉄炮を用いた織田信長は、武田の勢いを殺すことに成功し、戦場を支配できた。

わずか半日も経たない間に、武田は一万をこえる損害を出して敗走した。

「真田《さなだ》左衛門尉《ざえもんのじょう》どのの首獲ったり」

「山県三郎兵衛尉《ひょうえのじょう》どのを討ち取ったり」

織田と徳川の両陣営からは、次々と功績を誇る勝ち名乗りが起こっていた。

「終わったな」

信長が、かすかに笑いを浮かべた。

「父上さま、お味方の大勝利でございましょう」

さほど喜んだように見えない信長に、嫡男信忠が怪訝な顔をした。

「ここは三河ぞ。甲斐から出てきた武田を追い払ったに過ぎぬ。勝ったとはいえ、寸土も我らは手にしておらぬぞ」

「…………」

信長に言われて、信忠が黙った。

「たしかにこれで武田は三河、遠江、駿河、信濃から撤退しよう。本国を守るのが精一杯になったであろうからの」

緩めていた表情を信長は引き締めた。

「とはいえ、武田の本国は無傷で残っている。このまま放置していれば、二年、遅くとも三年で、勢力を回復しよう」

「三年……」

「それだけあれば、討ち死にした者たちの代わりが育っているはず」

長篠に来た武田軍は、一万ほどの将兵を失っている。その回復には、三年かかるだろうと信長は推測していた。

「もっとも三河守が、黙って三年も待つはずはない。当たり前じゃ。此度《こたび》の戦は徳川の領地でおこなわれたのだ。このままでは、織田が武田に勝ったと世間は思うだろう。そうなれば、徳川の武名は地に墜ちる」

今回、織田の戦死者は百に足りていないが、徳川は数百の将兵が討ち死にしたり、傷を負ったりしていた。徳川家康は、柵のなかで武田がすり減らされていくのを見ているだけでもよかったのを、あえて出撃した。損害を受けてでも、なにもしなかったと言われるのを避けたのである。

「三河守は、休む間もなく駿河、甲斐へと侵攻しよう」

「我らはいかがすれば」

父の推察に、信忠が今後のことを問うた。

「余は、京へ戻る。少しでも留守にすると、馬鹿が動き出すからの」

「わたくしもお供を」

信長の予定を聞いた信忠が確認を求めた。

「いいや、そなたには、別のところで働いてもらう。一軍を預けるゆえ、信濃に残る武田の影を払え」

信濃の攻略を任せると信長は命じた。

「生き残った五千と本国の一万では、とても甲斐以外は維持できぬ」

織田信長は、当分の間、武田家が外征できなくなったと確信していた。

「その間に、信濃を取る」

信長は次なる目標を信濃に定めた。

「任せるぞ、菅九郎」

「はっ」

信忠が決意を胸にした。

「右衛門尉《うえもんのじょう》、菅九郎は若年である。よく後見つかまつるように」

「承りましてございまする」

佐久間右衛門尉信盛が、緊張した。

かかれ柴田に退《の》き佐久間と称された織田重代の家臣である佐久間信盛は、戦上手、とくに負け戦での撤退に長《た》けている。

武田勝頼が甲斐に逃げ帰った今、信濃に残っている武田の拠点は難敵とはいえない。それでも戦に絶対はなかった。

「右衛門尉」

信忠を先に下がらせた信長は、佐久間信盛を近くに招いた。

「なにがあっても、菅九郎は生かせ」

「吾が命に代えましても」

佐久間信盛が断言した。

「まちがえるなよ、家臣は替えが利く。跡継ぎはただ一人じゃ」

「……はっ」

信長に言われた佐久間信盛がうつむいた。

かつて朝倉攻めで信長が奇襲をかけたとき、ほとんどの家臣が信長の行動に気づかず、大いに出遅れた。

「主の命を軽く考えるなど、家臣としてなっておらぬ」

戦の後、信長は家臣を集めて、怒った。

「そうお怒りになられたところで、殿も我らほど優秀な家臣をお持ちになることは、あった。

「行けっ」

「…………」

信長に手を振られた佐久間信盛が、あわてて信忠の後を追った。

「岩村《いわむら》の城を落とすのは、織田の名を継ぐ者でなければならぬ」

眉間にしわを寄せて、信長が呟いた。

岩村城は信濃との国境に近い東美濃にある堅固な山城である。東美濃に根を張る国人領主遠山七頭の惣領家岩村遠山家の居城であった。

東美濃を領していた遠山家は、武田信玄の支配を受けていた。その遠山家を織田信長は攻めるのではなく、叔母のつやを輿入れさせ、一門として取りこんだ。

織田と武田が敵対していない間は、岩村遠山家も安泰であった。織田と武田をつなぐ役割を果たしたりして、どちらからも頼りにされていた。

それが狂ったのは、当主遠山景任が跡継ぎなく病死したことが原因であった。

遠山七頭といわれていることからもわかるように、遠山氏はいくつかに分かれていた。

一応、惣領家とされる遠山景任に従ってはいるが、なにかあると独立あるいは、惣領家にとって代わろうとする者が出てくる。

ようやく美濃の斎藤龍興を追い出し、美濃の支配をなしとげた信長にしてみると、武田との付き合いもある遠山氏は、不安の種であった。

「武田が攻め入ってきたときに、敵対されては面倒だ」

遠山氏の籠もる岩村城は、細い山道を苦労して登った先にある。大軍を展開して一気にとはいかない。一年やそこら耐えるだけの力も持っている。

比叡山焼き討ち、将軍足利義昭との不仲、石山本願寺の敵対などがあって、信忠の正室に信玄の娘を迎えるところまでいっていた織田と武田の仲は、急速に冷えてきていた。いや、すでに武田は織田を敵視している。

そんなときに信濃から美濃への侵略口を守る遠山氏が、敵になっては困る。

信長は遠山氏の家督に介入、吾が子坊丸《ぼうまる》を養子として押しこみ、岩村城を手にした。

しかし、それが反発を招いた。

岩村城が織田のものとなったことを懸念した武田信玄は、猛将秋山虎繁《あきやまとらしげ》を派遣、城攻めをさせた。当初は信長について抵抗していた岩村城だったが、いつまで経っても織田の後詰めがないことに落胆、つやが秋山虎繁の妻となることで和睦、城を明け渡した。

「なんたる裏切り」

信長は激怒した。

たしかに石山本願寺、越前一向一揆、武田信玄の遠江侵攻などへの対処で、岩村城へ援軍は出せなかった。だが、岩村城を見捨てるつもりはなかった。どこか一つでも抑え、軍勢を回す予定をしていた。

「あと少し耐えてくれれば……」

とはいえ、これはあくまでも信長の論であり、今攻められている岩村城の将兵にとっては意味をなさないものでしかなかった。

「身勝手じゃ」

明日死ぬかも知れないのに、いつになるかわからない助けを待てるわけはない。岩村城の変節は当然であった。

なれど、これを許すわけにはいかなかった。事情はどうあれ、一族の裏切りである。一族のことは本家が糺《ただ》す。

岩村城を攻め滅ぼすことで、本家に牙剝いた者を誅し、見せしめとする。

信長は、その役目を信忠に預けた。

織田信忠を残して東美濃から岐阜へと戻った織田信長は、武田家が身動きできない間に、越前一向一揆を攻めた。

信長が年数をかけて落とした朝倉の領地越前を、石山本願寺は加賀の一向一揆を使うことで、奪った。

武田との戦いがあった信長は、奪われた越前を放置せざるを得なかった。

しかし、それが功を奏した。

織田が反攻してこないことに油断した越前一向一揆が、他宗の寺院を圧迫、反発を招いていた。

そこに織田が武田を降したとの報が入り、越前は、織田と戦うべし、織田と協力して一向一揆を放逐すべしの二つに割れた。

「好機である」

天正三年八月十二日、信長は畿内を守るための兵を除いたほぼ全軍にあたる三万余の軍勢に、明智光秀、羽柴秀吉、柴田勝家、丹羽長秀ら名だたる部将を率いて岐阜を進発、十四日に敦賀城に入った。

「お味方つかまつる」

越前一向一揆に押さえつけられていた国人、他宗徒らが集まってきた。

「よし。恨みを晴らすがよい」

信長はこれらを受け入れつつ、先陣に配し、自軍の盾にした。

「水軍衆、進発いたしまする」

粟屋《あわや》越中守《えっちゅうのかみ》勝久《かつひさ》、一色左京大夫義道《よしみち》ら、若狭、丹後の諸将が数百隻の軍船を率いて出陣の報告にきた。

「今度は冥加《みょうが》をいたすな」

信長が一色義道に釘を刺した。

「承知いたしておりまする」

一色義道が頭を下げた。一色義道は、比叡山で焼き討ちに遭った僧侶や坂本の住人を匿《かくま》って、信長を怒らせたという経緯《いきさつ》があった。

一向一揆衆は根絶やしにすると決めている信長は、一色義道に命乞いする者へ慈悲を与えるなと厳命したのだ。

「我らも出る」

水軍から少し遅れて、信長は進軍を指示した。

陸と海、二カ所から攻められた一向一揆たちはもろかった。地の利に明るい地元の他宗徒や国人を敵に回したことも、大きく一向一揆を打ちのめした。

進発から三日、十八日には越前において一向一揆衆の籠もる城、砦、寺院のほとんどが陥落、織田に追われた宗徒たちは、他人目《ひとめ》のない山中へと逃げた。

「一人も逃すな」

信長は長島一向一揆と同じく徹底した殲滅戦を展開、一万をこえる一向宗徒を殺害した。

「そなたに預ける。加賀の一向宗徒を片付けろ」

取り返した越前を信長は柴田勝家に与えた。

「岩村城へ武田が援軍を向かわせましてございまする」

越前征伐の後始末をしていた信長のもとに、急報が届けられた。

第五章　坂の途中

一

長篠の合戦を終えた織田信忠は、武田に寝返った岩村城を攻めるべく、準備に入った。

「岩村城にはどのていどの兵がおる」

初めて総大将を任された信忠は気負っていた。

「兵三千、将三十ほどかと」

信忠につけられた佐久間信盛が答えた。

「なんとも小さきことよ。力攻めにしても三日ほどで落とせよう」

信長は嫡男信忠のため、三万という大軍を貸し与えてくれている。信忠が、岩村城を軽視した。

「若殿、岩村城は山城、城へいたる道も狭く、大軍の利をいかせませぬ。力押しはいたずらに兵の損耗を増やすだけでござる。かの秋山虎繁も岩村城を攻めきれず、調略をもってつやさまを籠絡いたしました」

年寄り役の仕事とばかりに、佐久間信盛が諫めた。

「ではどうする。まさか、余につやを口説けと申すのではなかろうな」

信忠が不機嫌な顔をした。

「難攻はあっても不落の城はございませぬ。城は戦いませぬ。戦うのは人」

「人を攻めるのは、当たり前であろう」

佐久間信盛の喩《たと》えに、信忠が首をかしげた。

「山城は、兵糧攻めに弱うござる」

「干殺《ひごろ》しか」

信忠が、息を呑んだ。

「こちらの兵を減らさず、敵を落とす。殿のお望みに適《かな》いましょう」

「だが、干殺しは日数がかかる。手間をかけすぎだと、父上から叱られるのではないか」

佐久間信盛の言葉に、信忠が怖れを口にした。

信忠は父信長の厳しさを見てきている。弟の北畠信雄、神戸三七信孝《のぶたか》が伊勢を押さえきれなかったことで叱責された場にもいた。

「次はおまえが死ね」

北畠信雄は義父北畠具教《とものり》の謀叛を防げなかったとき、信長から蹴り飛ばされていた。

「大事ございませぬ。殿より、決して無理はするな、若殿さまの御身を第一に考えよとのご諚《じょう》をお預かりいたしております」

「吾が身を第一にと……父上が」

聞かされた信忠が、喜色を浮かべた。

「では、そなたの言うとおりにいたそう」

六月、信忠は岩村城を取り囲み、城への出入りを封じた。

「どのくらい保つ」

信忠が佐久間信盛に問うた。

「三千の兵となれば、備蓄があったところで三月《みつき》か、四月《よつき》というところでございましょう」

「長いな」

佐久間信盛の予想に、信忠がうんざりとした顔をした。

越前での勝利は、岩村城攻めで二カ月という長期の滞陣を余儀なくされている織田軍の士気を高めた。

「さすがは父上である」

織田信忠も、寝て起きて、飯を食っての毎日に倦《う》んでいた気分が高揚した。

「武田大膳大夫どの、岩村城を助けるとして、甲斐を発たれたもよう」

そこへ伝令が駆けこんできた。

「数は」

信忠が身を乗り出した。

「一万五千ほどかと」

「……右衛門尉」

伝令の報告を聞いた信忠が、佐久間信盛に顔を向けた。

佐久間信盛は岩村城の包囲を完成させると、織田信長の呼び出しに応じ、越前一向一揆攻めに参加、勝利を得てすぐ、信忠のもとへ一万の兵を連れて戻ってきていた。

「信濃でいくばくかの合流もございましょう。おそらく二万ほどになるかと」

佐久間信盛が信忠の求めていた答えを口にした。

「よくぞ出したの」

「正念場でございますゆえ」

長篠城を巡る戦いで馬場信春、真田信綱《のぶつな》、山県昌景《まさかげ》ら宿将のほとんどと万をこえる兵を失った武田にとって、岩村城は織田の信濃侵攻を防ぐ最後の砦であった。

岩村城を失えば、数に勝る織田軍がたちまち信濃を席巻し、武田の本国甲斐へ迫るのは目に見えている。

また、敵中に孤立した味方を見捨てるのは、軍勢の士気を落とす。とくに衰退し始めたときに、それをすれば、支配していた国人領主だけでなく、譜代の家臣も次は吾が身とばかりに逃げ出してしまう。

岩村城は武田にとっての切所になっていた。

「武田の兵は強いというが……もう三万ほどを向かわせるか」

信忠が佐久間信盛に訊いた。

「十分でございましょう」

佐久間信盛が同意した。

長篠の戦いで、武田が強く、織田は弱いという定評が崩れた。

「織田の鉄炮は武田の兵三人を殺す」

強さの逆転が起こっていた。

もちろん、生身で槍の突き合いをすれば、武田が勝つ。だが、槍の届かないところから織田は鉄炮を釣瓶《つるべ》撃ちできるのだ。

「武田は攻めきれますまい」

佐久間信盛の予想は当たった。

十月、武田軍の先鋒と信忠率いる織田軍がまみえたが、決戦といった感じにはならずに終わった。

「手応えがない」

信忠には、なんとしてでも織田を攻めようという覇気が武田から感じられなかった。

「鉄炮を怖れたのでございまする」

佐久間信盛が答えた。

十一月十四日、越前一向一揆との戦いからの凱旋を朝廷に報告し、石山本願寺への圧迫を一層強めるために京へ入っていた信長が、岩村城攻めの援軍の準備をするため岐阜へ戻った。

「岩村城と武田が手を組み、我が方へ夜襲をかけて参りましたが、追い払いましてございまする」

十一月十日にも合戦があったとの報告が、信忠から送られてきた。

「ほう、手柄だったようだの」

信忠からの書状を読んだ信長が、満足そうにうなずいた。

「兜首二十余、兵一千二百余を討ち取ったとは、見事、見事」

信長が大きな声で信忠を賞賛した。

「それでこそ、吾が跡継ぎじゃ」

「おめでとうございまする」

「さすがは、上様のお血筋であらせられる」

喜ぶ信長に諸将が唱和した。

「どれ、菅九郎の武者ぶり、見に行くとしようぞ」

信長は二万の兵を率いて、岩村城へと向かった。

「勝てぬ」

新たな織田の援軍が到着したのを見て、岩村城主秋山虎繁が肩を落とした。

すでに籠城から逃げ出した者が多く兵は半分近くに減り、食糧もとうに尽きている。

武田勝頼の援軍も織田に阻まれて届かず、城中の士気は底に沈んでしまっている。

「こうなっては、もう抵抗は無駄である。将兵の命を助けるためにも、降伏するしかない」

「……はい」

秋山虎繁の決断をつやも受け入れた。

十一月二十日。秋山虎繁は使者を立てて、信長へ降伏すると伝えた。

「降伏を受け入れる。明日、我が陣まで来い」

信長は降伏を認めた。

「お手向かいをいたしましたことをお詫びいたしまする。吾が不明を恥じ入るのみ」

鎧を脱ぎ、差し添えだけを腰にした秋山虎繁らが信長の前で膝を突いた。

「捕らえよ」

降将への礼儀を信長は無視した。

「つやを連れて参れ」

続けて信長は、陣の外で呼び出しを待っていたつやも縛りあげた。

「よくも坊丸を武田に渡したな」

遠山景任の後を継がせるとして信長は息子をつやに預けた。その坊丸をつやは武田家へと人質に出していた。

「逆さ磔《はりつけ》に処せ」

怒り心頭の信長はつやの裾《すそ》をまくりあげさせ、大股を開かせた、女として耐えがたい形の逆さ磔にして、長良川の河原《かわら》にさらした。

「…………」

「覚えておけ。身内ほど厳しく接しなければ、裏切られるということをな」

息を呑んで見ている信忠に、信長が教訓を垂れた。

二

叔母にあたる秋山つやを、辱めて殺した後、信長は嫡男信忠を誘って陣の外に出た。

「そなたを叱らねばならぬ」

二人きりになったところで、信長が信忠を見つめた。

「なにか、お気に障ることでもいたしましたでしょうか。ならばお詫びを申しあげまする」

信忠が、なにが原因かを言われる前に、頭を下げた。

「菅九郎、それはならぬ」

信長の声が険しくなった。

「叱られるときは、きっちりとその理由を訊き、まず弁明をいたせ。叱る側がかならず正しいとは限らず、また勘違いもある。総大将たる者、まずは状況をしっかり把握せねば」

「申しわけありませぬ」

注意を受けた信忠がうなだれた。

「これから、そなたは人の上に立ち続けていかねばならぬ。上が過ちを犯せば、下が死ぬ。それをまず心に刻め」

「はっ」

信長の教えに、信忠が応じた。

「さて、叱るのはだ。そなた十日の夜、武田が夜襲をかけてきたおり、岩村城から討って出た遠山の馬鹿どもを、迎え撃ったな。そのとき、先駆けをした」

「いたしました」

信長に確認された信忠がうなずいた。

「迎え撃つのはよい。でなくば、地理不案内なところでの夜襲じゃ。大きな被害が出たであろう」

まず信長は、陣に籠もって守りを固めるのではなく、迎撃に出たことを褒めた。

「だが、そなたが先頭に立ってどうする。兜首を獲ったとか、高名をあげたなどと賞賛されておるようじゃが、余から見れば、愚挙でしかないわ」

「なぜでございましょう。大将が先に立たねば、兵たちがついてきませぬ」

信長の批判に信忠が不満を口にした。

食い下がるような息子の姿にも、織田信長は表情を崩すことなく、無言で先を促した。

「父上さまもかの今川治部大輔さまを討たれた桶狭間のときには、先陣を切られたと伺っておりまする」

信忠が続けた。

「将が後ろで喚《わめ》いているだけでは、兵は従いませぬ。まずは勇を見せ、皆の信頼を得なければ……」

「止めよ」

喋《しゃべ》り続けている信忠を信長が遮った。

「それは国人のことだ。かつて父が家を継いだときの織田は、国人に毛が少し生えたていどでしかなかった。ゆえに、父が先陣を切らねばならなかった。勝てぬ国人には誰も従わぬからの」

信長が苦笑した。

「なれど、今の織田は違う。本国たる尾張、美濃に加え、伊勢、近江、越前、若狭、摂津、伊賀の一部を領する大名じゃ。大名は国人ではない」

「国人ではない……」

信忠が首をかしげた。

「そうじゃ。国人は家を守るために、当主や嫡男が命を懸けて戦う。だが、大名は違う」

首を横に振った信長が、話を変えた。

「そなた先ほど将が先頭を行かねば、兵がついてこぬというようなことを申していたな」

「はい。申しました」

信忠が首肯した。

「大名は将ではない。将を使う者じゃ。先頭を切るのは、大名から先陣を命じられた配下の部将、あるいは寄騎となった国人の仕事である。大名は、先駆けをするような小さなまねをするのではなく、万をこえる軍をどのように動かすべきかを考えるため、戦場全体を俯瞰《ふかん》するのが役目じゃ」

「全体を見る」

信忠が考えこんだ。

「ただ見るのではない。俯瞰じゃ。見るだけでは、兵と同じ目の高さでしか見えぬ。鳥のように高いところから、敵も味方も見下ろすのよ」

「人の目ではそんなに上からは見えませぬ」

父織田信長の言葉に、できるはずがないと、信忠が首を左右に振った。

「実際に見るのではないわ」

信長があきれた。

「よいか、諸方から入ってくる報告を、頭のなかで組み立てる」

「頭のなかで……」

「そうだ。それもばらばらにやってくる報告をつなぎ合わせてな」

「むうう」

信長に言われた信忠が眉間にしわを寄せた。

「わかるか、頭のなかに戦場を作るのだ。己が作った戦場ならば、神と同様に上から見下ろすくらい、容易であろう。もちろん、あらかじめ周囲の地形などを十二分に調べておかねばならぬ」

「…………」

簡単なことだと口にする信長に、信忠が絶句した。

「上から見下ろせば、どこが優勢か、どこが劣勢か、どの敵部隊が動いているかなど、すべてが把握できよう。そうなれば、的確な指示が出せる」

「はあ」

信忠が呆然としながらも、相槌《あいづち》を打った。

「先頭に立って戦う段階など、とうに終わっているのだ。父はこれから天下を取る。東で武田を滅ぼしながら、西で石山本願寺を押さえつけ、北の丹後を手に入れる。これらを同時にせねばならぬのだ、天下を手にするにはな。一々、それらの戦場を駆けずり回って、先陣で兵たちを鼓舞している暇などない」

「………」

壮大な信長の計画に、信忠が言葉を失った。

「そなたは、余の後に続かねばならぬ。それが織田の惣領息子の役」

「……天下人の後継者」

見つめる父信長に、信忠が息を呑んだ。

織田信長は、息子信忠の肩に両手を置いた。

「そなたに織田の家督を譲ろうと思う」

「なっ、なにを」

言われた信忠が驚愕の声をあげた。

「このたびの武田との合戦、そして岩村城攻めと、そなたは跡継ぎにふさわしいだけの功績を残した。これでもう、そなたを侮る者はおるまい」

「お待ちを。まだ、わたくしめには家を継ぐほどの力がございませぬ」

述べる信長に、信忠が首を強く横に振った。

「とてもまだ、織田の惣領たる見識が足りませぬ」

「足らぬのはわかっておる」

否定する信忠に、信長がうなずいた。

「ゆえに余が生きている間に譲るのだ」

「生きている間に……」

「そうよ。余は父が死んでいきなり織田の当主となった。元服も初陣もすませてはいたが、弟や叔父さえ心服させられていなかったときぞ。家中が揺れたのも当然であった」

思い出すように信長が目を閉じた。

「領地を大きくしたい、発展させたいと思っていても、実績のない余には、一門も家臣も頭を垂れぬ。家督を継いでからの数年は、なかをまとめるために必死であった」

信長が続けた。

「あの期間がなければ、余はとっくに天下を手にしている。それを思えば悔しくてな。だからそなたには、天下人の後継者として、十全な準備をするだけのときをやるのだ」

「ときをくださると」

「そうよ。織田は天下を取る。足利幕府を潰すか、傀儡にするかはどうでもいい。天下は織田が動かす。それには今までのような大名としての学びだけでは足りぬ」

「これ以上に……」

今でも一杯なのにと信忠が泣きそうな顔をした。

「余が生きている間に学べ。家督は譲るが、隠居はせぬ。心配せずとも家中は余が抑える」

　信長が信忠を励ました。

　こうして天正三年十一月二十八日、織田信長は正式に家督を信忠に譲ると天下に公言した。

「秋田《あきた》城介《じょうのすけ》に任じる」

　織田の惣領となる信忠が無位無官では困る。岩村城攻略の功績をもって、信忠は秋田城介に任じられた。

「意味はわかるな」

　織田家代々の名乗りである上総介や弾正忠でなく、秋田城介であることの理由を、信長は確認した。

「秋田城介は、出羽《でわ》国の国司とも言われる役目。つまり、父上はわたくしに北を任せると」

「よくできたわ」

　信忠の答えに信長が満足げにうなずいた。

「余が西へ、そしてそなたが北へ。東は本願寺を潰した後、滝川左近《さこん》らにさせる」

「左近と手を携えて……」

　信長の言葉に信忠が目を輝かせた。

滝川左近将監《しょうげん》一益は、信忠の乳母の兄になる。乳をくれた女は、母に準ずる。すなわち滝川一益は、信忠にとって伯父同然であった。

「使いこなしてみせよ。左近は優秀なだけに、いささか敵を甘く見る癖がある」

「はいっ」

大名として名のある部将を指揮する。これが若い信忠を歓喜させた。

「もっともその前に、武田の息の根を止め、北条を従えねばならぬ」

信長が険しい顔をした。

相模、伊豆《いず》、武蔵の一部を支配する北条家は織田と同様、急激にのしあがってきた。

勇将、知将をそろえ、その領地は二百万石近いといわれている。

武田家牽制を兼ねて、同盟をしないかとの使者を信長は何度も出しているが、冷たく拒まれ続けていた。

「武田と北条は縁が深い。良くも悪くもな。武田が無残に敗北した今、北条も変わるだろう。そなたが織田の当主となるのだ。北条をどうするかは、そなたが決めよ」

信長が信忠に告げた。

嫡男信忠に家督を譲ると宣言した信長は、さっさと岐阜城を出て、城下の佐久間信盛の屋敷へと移った。

三

「上様」

行くほうはいいが、受け入れるほうはたまったものではない。

長篠城を巡る戦いで武田を打ち破って以来、殿ではなく、上様と呼称を変えさせた信長を迎え、佐久間信盛は混乱した。

「心配するな。安土に新しい城を建てる。それまでの間じゃ」

気に入りの茶道具だけを持って、居座った信長が、佐久間信盛に述べた。

信長は、京を守護するには岐阜では遠すぎると考えていた。

「近江こそ、京を押さえるに肝要ぞ」

信長は岐阜城を信忠に譲った後、己の居城とする場所として、かつての仇敵六角氏の本拠、観音寺山に近く、琵琶湖に面した安土山を選んだ。

安土は東海道だけでなく、北国《ほっこく》街道も扼する要地にあるうえ、琵琶湖の水運を抑える堅田も支配下に置ける。

国としては大きいが、その多くを琵琶湖が占めている近江は、田畑が少ない。三十万石にも届かない穫《と》れ高でありながら、六角氏は京を支配した三好氏と対等にやり合ってきた。

　しかも六角氏は近江のすべてではなく、南半分――琵琶湖に喰われているのが北半分より少ないとはいえ、二十万石ほど――で百万石をこえる領地を誇る三好氏と張り合ってみせた。

　それはひとえに敦賀の湊に集まる物や、越前、越後などの特産物を琵琶湖を使って京へ届ける水運の力だと、信長は理解していた。

　北国、東国との連絡も考えて、信長は安土を新たな居城にすると決めたのである。

「琵琶の淡水《うみ》を手にした者が、京を支配できる。そして京を吾がものとした者が天下人になる」

　信長が口の端を吊り上げた。

　織田信長は、武田を駆逐した勢いを利用し、信忠の関東征討を助けるための書状を出した。

「長篠城へ攻め寄せた武田を打ち破った。大膳大夫は逃したが、すでにその勢威はかつての面影もない。これより秋田城介を将として、甲斐へ侵攻する。兵の馳走を期待する」

信長は常陸《ひたち》の佐竹《さたけ》、下野《しもつけ》の小山《おやま》らへ朱印状を出し、武田攻めへの援軍を要求した。

「あの武田でさえ、総大将を逃がすので精一杯だったのだ。織田家の力を見誤ったならば、家を滅ぼすことになる。信忠がそちらに着く前に膝を屈せよ」

援軍を出してくれという要請の形を取っているが、そのじつは、どうするか決めておけという脅しであった。

「武田との勝利をお祝い申しましょう」

しかし、織田につくとの返答はなかった。一部の大名が返書と祝いの品を贈ってきただけで、目に見えるほどの効果はなかった。

「今は、これでいい」

いかに将兵を数多く失ったとはいえ、甲斐は武田の本国である。しかも甲斐は山国で、攻めるに難く、守るに易い。

信長も、武田を滅ぼすには、数年のときがかかると理解していた。

「さて、後は信忠に任せ、余は本願寺との白黒をつけるとするか」

家督譲渡、安土築城と、天正四年（一五七六）の春を内政で過ごす信長のもとに、凶報がもたらされた。

「備中守《びっちゅうのかみ》さま、お討ち死に」

　五月三日、石山本願寺の海路補給を確保している木津《きづ》砦攻略に出た塙《ばん》備中守直政《なおまさ》を主将とする織田軍は、本願寺に与した雑賀衆の奇襲を喰らい、かなりの損害を出した。とくに総大将塙直政を失った混乱で、軍勢が統率を失ったことが被害を大きくした。

「このままでは軍勢が保たぬ。陣が崩れるまでに、余が行かねば……馬、引けえ」

　ようやく東を落ち着かせ、本格的に石山本願寺を攻めようというときに、総崩れはまずかった。

　桶狭間のおりと同様、信長は単騎で駆け出した。

　手勢だけで石山本願寺勢一万余りの軍勢に取り囲まれた天王寺砦の救援に駆けつけた織田信長は、河内若江城に入って後続を待った。

　しかし、急な出立だったために、配下たちが追いつかず、信長の本陣には三千ほどしかいなかった。

「俄懸《にわかがけ》の事に候間、相調はず、下々の者、人足以下中々相続かず、首々《かしら》ばかり着陣候」

　来るのは、石山本願寺に倒された味方の首ばかりという悲惨な有様であった。

「保って三日、五日は厳しゅうございまする」

　天王寺砦にいる明智光秀からは、今にも全滅しそうだという救援要請が、矢継ぎ早に来る。

「今、石山本願寺の包囲を崩すわけにはいかぬ」

武田を蹴散らし、信濃へ息子信忠を向かわせようとしているときに、西が不安定になるのはまずかった。

せっかく武田勝頼を一蹴し、織田の力を天下に示したところなのだ。ここで石山本願寺に負けたとあっては、天下に轟いた織田の武名が薄れてしまう。

「織田が来た。とても勝てぬ」

信長の狙いは、戦わずして勝つ、である。とくに息子の信忠は、戦の経験が浅い。なにせ負け戦を経験していなかった。

さほどではないと世間が織田を侮れば、信忠の軍勢は動きにくくなる。

家督を譲り、織田の当主となった信忠の武名が落ちることは、なんとしても避けなければならない。

「やむなし」

信長は三千の兵で一万をこえる本願寺勢へ攻撃をかけることを決意した。

「吾に続け」

先陣の足軽に交じって、信長が石山本願寺に突撃をかけた。

「上様に続け」

総大将が先駆けをすれば、配下はその前に出て戦わなければならない。

遅れれば、戦が終わったあとで戦意不足、脆弱《ぜいじゃく》などと嘲笑され、家中での立場がなくなってしまう。

「押せ、押せ」

しゃにむに突っこむ織田軍に、鉄炮で対応していた雑賀衆だったが、その勢いに負け、信長たちを天王寺砦へと入れてしまった。

「おおっ」

囲まれて絶望の底にいた明智光秀以下の将兵が歓喜した。

「討って出るぞ」

「数が違いすぎまする」

このまま余勢をかって本願寺勢を駆逐すると言った信長を、明智光秀が止めた。

「数に優れればこそ、敵は油断しておる。ここで敵の本陣を破壊すれば、勝利は我らに傾く」

信長が首を横に振って、明智光秀の制止を拒んだ。

「お怪我をなさっておられまする」

明智光秀が今度は助からぬかも知れないと、信長に自重を求めた。

いかに足軽に交じっているとはいえ、織田信長の身につけている鎧は目立つ。雑賀の鉄炮衆がそれを見逃すはずもない。

幸い、動きが速かったお陰で鉄炮の弾は足を傷つけるだけで終わっていたが、一つまちがえれば、信長は討ち死にしていた。

家督は信忠に譲ったとはいえ、信長がいればこそ織田は一つにまとまっている。信長が死ねば、織田は確実に割れる。

そもそも尾張半国の小名であった織田が、京を押さえて天下人に名乗りをあげられたのは、信長の素質によるところが大であった。

勇猛果敢な性質、機を見るに敏な能力、情け容赦ない非情さなど、信長が天下人にふさわしい点は多くある。

そのなかで最大のものが、人を見抜く力である。信長は領地が拡大するたびに不足する人材を新参、牢人のなかから見つけ出して採用し、身分、譜代か外様かなどに囚《とら》われることなく抜擢《ばってき》することで、急激な発展を破綻することなく続けてきた。

明智光秀、羽柴秀吉、荒木村重、細川藤孝らがその良い例である。もちろん、譜代の家臣でも役に立つ丹羽長秀、柴田勝家、林秀貞などは重用している。

新参と譜代、そのどちらもが信長の下で能力を発揮することで、織田は石山本願寺とも武田勝頼とも戦えた。

しかし、これは信長だからこそできたことであり、余人には代えがたい。

どこの大名家でもそうだが、譜代の家臣には先祖代々仕えてきたという自負があり、新参者は、己の能力に自信を持っている。

譜代から見れば新参を重用されるのは、ないがしろにされている気分になり、新参からすれば歴史に甘え、なにほどの功績もないのに大きな顔をしている譜代はうっとうしい。

信長という天秤の支えを失えば、たちまち譜代と新参は仲違いを始める。譜代にしてみれば、己たちの積み重ねてきたものを正当に評価してもらう好機であり、新参からすれば、無慈悲に切り捨てられる恐怖の始まりなのだ。

譜代と新参が争えば、織田家は混乱に陥り、追い詰められた一向一揆、武田家、三好の残党などが息を吹き返す。

家中の不和、そして周辺の不安定。その両方を抑えるだけのものを、信忠はまだ持っていない。そして、譜代と新参の争いとなれば、数の多い譜代衆が有利になる。

明智光秀らの顔色が変わるのは当然であった。

「たわけが。ここが切所ぞ。天王寺砦を守りきれずば、なんとか押さえた長島にも越前にも、波及する」

信長が叱った。

長島でも越前でも一向宗徒たちを根絶やしにすべく、無慈悲な殺戮《さつりく》を命じた信長だが、それですべての敵がいなくなったとは思っていない。

いずれの土地でも一揆に参加しなかった一向宗徒はいる。どういう理由によるものかまではわからないが、おとなしく領主の指示に従うだけに、根絶やしに加えるわけにもいかなかった。

一向宗徒だというだけで従順な百姓まで殺してしまえば、田畑を耕す者がいなくなり、結局、領主の収入が減ってしまう。

なにより織田の本国である尾張、美濃にも一向宗徒はいる。それらが、織田に勝てると意気ごんだ石山本願寺からの指示に応じないという保証はなかった。

そもそも本願寺は世俗との折り合いをつけようとしていた。

王法為本《おうぼういほん》、すなわち現在の王に従い、政と秩序を助けることこそが仏法のなすべき道であるという考えを本願寺は守ってきた。

しかし、南無阿弥陀仏《なむあみだぶつ》と唱えれば、武士であろうが百姓であろうが、それだけで難しい修行をせずとも極楽往生できるという教えは、本願寺の予想をこえて信者を増やした。

明日をも知れぬ乱世と搾取されるだけの生涯に希望を与えたこの考えは、一向宗となって広がった。

数が増えれば、己たちにつごうのよい日々を求めるようになる。そしてそれをするだけの力を持っている。

「穏やかに教えを守れ」

当初本願寺は、一向宗徒たちを宥め、なんとか権力者とぶつからないように努力していた。

だが、それも加賀の一向一揆が成功するまでであった。

加賀を治めていた富樫《とがし》氏の弾圧に反発した一向宗徒は、国人の一部と手を組んで抵抗、ついには独自の守護を立てて、国を支配した。

これに各地の一向宗徒が触発され、それに引きずられるようにして本願寺も変化してしまう。

それでも石山本願寺は織田信長との対立を避けた。

本願寺の法主顕如は、上洛した信長のもとを訪れ、五千貫という矢銭の要求にも応じた。

「仏敵織田を倒せ」

それが変化した。

信長の行動に、仏法への敬意が見られなかった、弾圧を怖れたなど、いろいろな事情もあったろうが、足利将軍義昭の誘いに乗った顕如は、信徒に号令をかけ、起《た》った。

一度は朝廷の斡旋《あっせん》を受け、和睦を結んではいたが、比叡山が焼かれ、浅井、朝倉が滅亡し、武田が敗北、長島、越前の一向一揆が潰された状況に、とうとう耐えきれなくなった。

「織田が滅びるか、仏法が廃《すた》れるか」

顕如は織田との決戦に挑むとして、雑賀衆に手を伸ばした。

その雑賀衆が、大活躍をした。石山本願寺包囲軍の総大将ともいうべき塙直政らを討ち取り、一気に形勢を逆転しかけた。

そこに信長が急援し、石山本願寺勢を追い払った。

しかし、織田を囲む状況は悪化の一途をたどっていた。

長く織田と同盟を結んできた上杉謙信が一向一揆と和睦、敵対した。他にも信長に臣従していた波多野《はたの》氏を始めとする丹波衆が謀叛を起こした。

「右近衛大将《うこんえのだいしょう》に任じる」

そんななか、信長は武家として最高の官職、大納言《だいなごん》兼右大将に補された。

「安土に城を築く」

窮迫のときこそ、慶事を起こすべきだと信長は、新たな居城の建築に着手した。

「力の違いを見せる」

信長は金も人も物も惜しまなかった。

朝廷の軍権を預かる右近衛大将という地位は、そうそう与えられるものではなかった。

源氏でなければ征夷大将軍になれないという慣例があるため、平氏を称する織田信長に幕府を開かせるわけにはいかない朝廷の、苦肉の策であった。

つまり、そこまでするほど朝廷は信長を重要視していた。

といったところで、実権を失っている朝廷の与えた右近衛大将という地位に、効力はないに等しい。

官職くらいでは誰も畏《おそ》れ入ってくれないとわかっている信長は、数で押して敵を潰すしかなかった。

まず信長は五万余という大軍を率いて紀州へ侵攻、雑賀衆を攻め落とした。

「これで石山本願寺の鉄炮衆は失われたも同然」

信長が凱歌《がいか》をあげた。

「松永弾正少弼どのご謀叛」

雑賀衆を攻めている間ならまだしも、終わってから大和の松永久秀が裏切った。

「なにを考えている」

信長が首をかしげた。

松永久秀の居城は信貴山《しぎさん》城である。大和と河内を隔てる信貴山に築かれた要害である信貴山城は攻めるに難い。もし、松永久秀が信長の紀州征伐の最中に寝返ったならば、効果はあった。

背後に敵を抱えたままでは、織田軍は前方の紀州へ全力を注げなくなる。それこそ、松永久秀と紀州雑賀衆によって、挟み撃ちに遭うことになりかねない。

だが、松永久秀はなぜか紀州攻めが終わってから挙兵した。

「そなたに任せる」

信長は松永久秀討伐を信忠に命じた。

東国征伐どころではなくなった織田家の内情は信忠にもわかっている。なにより、織田の危機に武田勝頼が動き出す可能性は高いし、この状況で援軍を出せるわけもないと読んだ信濃の国人たちの旗幟は不鮮明になっている。

信長は信忠を、敵に囲まれているとはいえ、東国よりも安全な上方《かみがた》へ配置したのだ。

「承ってございまする」

信忠が軍勢を率いて、信貴山城を取り囲んだ。

信貴山城は難攻不落だが、兵力は数千ほどしかない。十重《とえ》二十重《はたえ》に取り囲んだ織田信忠の軍勢に攻めかかるだけの余力はない。なにより籠城の支えである援軍が来ないとわかっているのだ。信貴山城の士気は最初から低く、味方に化けた織田の間者を見抜けず、城へ受け入れてしまったうえに放火をされて、二カ月ほどで落城した。

同じころ、強硬に織田と敵対していた丹波守護代で松永久秀の弟の内藤《ないとう》備前守が病死、丹波における抵抗が弱まった。

上方では危難を次々に片付けた信長だったが、軍神とまで讃えられた上杉謙信には手痛い思いをさせられた。

天正五年（一五七七）十一月、上杉謙信は越中の国境をこえて加賀へ侵攻、柴田勝家率いる織田軍を一蹴、たちまちにして加賀半国を奪った。

「無理をするな」

上杉相手に拮抗した軍勢で戦うのは無理だと判断した信長は、守りに徹するよう柴田勝家へ命じた。

四

本願寺を封じこめるはずが毛利水軍の妨害によって失敗、さらに上杉に敗退した。

織田信長はまたも危難に陥っていた。

「崩れたわけではない」

信長は平然としていた。

「石山本願寺を干殺しにすることはできなかったが、毛利も兵を出してくる様子はない。水軍衆だけなら、放っておけばいい」

瀬戸内海賊衆を主とする毛利水軍はたしかに強い。織田方の九鬼《くき》水軍では、太刀打ちできない。

しかし、いかに海賊衆が強くても、陸に上がれば織田の敵ではなくなる。そもそも毛利水軍が動員できる数には限界があった。

「じっくり構えていればいい」

信長は一つ一つ敵を潰していった。

「まことか」

そこへ織田にとっては朗報、反織田にとっては武田敗北に次ぐ悲報が飛びこんできた。

「上杉謙信公死去」

天正六年（一五七八）三月、軍神と讃えられた上杉謙信が急病死した。

「跡目はどうなる」

生涯独身を貫いた上杉謙信には子供がいなかった。

一応、姉の子供である上杉景勝《かげかつ》と、北条氏と同盟を結んだときに迎えた北条氏康の七男上杉景虎《かげとら》という養子はいる。

どちらも上杉を名乗っているうえに、謙信が後継者の指名をしていない。

「上杉景勝と景虎、それぞれを推す者たちが集まり、睨み合っておりまする」

伝令が上杉の状況を知らせた。

「ならば、こちらへ全力を傾注できまい」

信長はすばやく軍勢を組織、上杉勢を加賀から追い出した。

精強で鳴らした上杉とはいえ、本国が二分して争っている状態では、実力など発揮できるはずもなく、越中まで織田に奪われた。

上杉の内紛は、その後一年にわたって続き、これが信長を大いに利した。

長篠城を巡る戦いで、その戦力のほとんどを失った武田に代わって、織田を抑える、いや信長を京から駆逐するはずだった上杉が、外征する余裕を失った。

それどころか、織田によって越中、能登《のと》を奪われるほど、弱体化してしまった。

「右大将には、なにかが憑《つ》いているのではないか」

「神は織田を選んだというのか」

織田の敵、味方にかかわらず、信長の強運さに息を呑んだ。

「このままでは……」

信長の天下が定まるとの危惧からか、上杉が織田を加賀、越前から駆逐し、京へ手を伸ばせる近江へ侵攻するに合わせて、後詰めするはずだった播磨の別所長治《べっしょながはる》、摂津の荒木村重が続けて蜂起した。

謀叛というのは、天下を狙う武将にとって、恐怖であった。

信頼していた配下が、後ろから襲ってくる。戦場で敵と対峙している最中に、矛先を反転させる。宴席など油断しているところで襲いかかってくる。

背中に気をつけなければいけない状態で、思いきって前に出ることは難しい。どうしても勢いが弱くなる。

「愚か者どもが」

織田信長が別所長治と荒木村重を罵った。

「ようやく天下の中心である畿内から戦を消せるところまで来たというに」

すでに織田の本国尾張と美濃から戦は消えた。尾張と美濃の民は、泰平を謳歌《おうか》している。お陰で両国の稔りは多く、商いも盛んである。

人というのは、衣食住の心配をしなくてよくなれば、施政者に刃向かおうとは考えないものだ。

事実、尾張と美濃から一揆は消えている。

その範囲を信長は広げていこうとしていた。しかし、なかなか難しいのが現状である。

信長が近江安土に居城を築いたのは、そのためであった。

近江は織田のものになったが、未だ隣接する伊賀は不安定である。

伊賀は山に囲まれた狭隘《きょうあい》な土地がほとんどで、住んでいる者に十分な食糧を供給できない。そのため、国から出て稼ぐしかなかった。また、京に近く政争に負けた者が逃げこむのにも適していたこと、山岳を信仰する修験道の道場としての役目を持っていたことなどもあり、忍が生まれ出た。

忍は闇に溶け、山地を猿《ましら》のように駆ける。平地で戦えば、鉄炮をそろえられる織田の敵ではないが、伊賀の国では無敵になる。

その伊賀が織田に従っていない。

さらに越前も同じであった。長く越前を領してきた朝倉を滅ぼし、その後を受けた一向一揆を根切りしただけに、織田に対する反発は根強い。

織田にまつろわぬ伊賀と越前、その両方と境を接する近江は、まだ完全に信長の支配を受け入れているとはいえない。

そして近江が不安定であれば、京が落ち着くはずはなかった。

「まあよい。馬脚を現してくれたのだ。今、裏切ってくれたほうが楽だ」

信長は別所長治と荒木村重の謀叛にも動揺は少なかった。

「攻めてくるだけの力はない」

別所長治は毛利の後詰めを期待しているのだろうが、毛利の本国安芸《あき》から播磨の三《み》木《き》までの間には、備中、備前、そして旗幟の明らかでない播磨の諸将がいる。これらを平らげ、あるいは味方にして三木城へ援軍を出すには、何カ月もかかる。

荒木村重にいたっては、援軍の望みはほぼなく、有岡《ありおか》城の堅固さに頼っての籠城である。

別所も荒木も動員できる兵数は五千ほどで、とても城から出て織田軍を駆逐するだけの力はなかった。

「出てこぬように囲み、その間に周辺を平らげろ。周囲が織田のものになれば、放っておいても落ちる」

信長は別所長治、荒木村重を相手にしなかった。

織田信長にとって、配下の部将が個別に裏切るくらいは、問題ではなくなっていた。

「余にできることはどこまでか」

信長はすでに次代を見ていた。

今川義元を迎え撃つために出陣した日にも舞ったように、信長は幸若舞《こうわかまい》敦盛《あつもり》を好んでいる。

「人間《じんかん》五十年、下天《げてん》のうちをくらぶれば……」

信長は一生を五十年と捉えていた。

「すでに四十五歳になった。あと五年」

天文三年に生まれた信長は、天正六年で四十五歳になった。

「尾張を手にしてから、ここまで来るのに十三年かかっている」

信長は指を折った。

「十三年で手にしたのは、美濃、伊勢、近江、若狭、越前、加賀、能登、飛騨、河内の九カ国、播磨、丹波、丹後、大和、伊賀、和泉、摂津は完全ではない」

小さく信長はため息を吐いた。

「天下は六十余州あるという。まず生きているうちにすべてを制覇できまい」

信長は遠い目をした。

「父信秀は尾張一国を支配しかねた。そして余は天下に届かず。頼みは秋田城介」

嫡男秋田城介信忠に、信長は後事を託すと決め、織田の家督と本国である尾張と美濃を譲っている。

「秋田城介を天下人にする。そのための足場を作ってやらねば」

信長が決意を新たにした。

武家が天下を取るには、征夷大将軍となって幕府を開くのが手っ取り早い。朝廷から征夷大将軍に任じられれば、天下の武士を支配できる。

「源氏に改姓しても征夷大将軍は無理だ」

京を追放された足利義昭はまだ征夷大将軍の座にある。

「解職を」

信長が求めても朝廷は、足利義昭から征夷大将軍を取りあげなかった。求めによって取りあげた前例がないとの理由だが、万一、信長が衰退したときのことを怖れているのだ。

「万一、足利が力を取り戻したら……」

一部の公家たちが、信長が負け、足利義昭が復権したときの報復を理由に拒んでいる。

「近衛め」

五摂家筆頭ともいうべき近衛前関白前久が、信長と敵対していた。一時は二条家との政争に負けて、都落ちをしていたが復活、隠然たる影響力をふたたび朝廷に及ぼしている。

その近衛前久と信長の仲が悪いのは、前久と本願寺が近しいからであった。一時、追放されているときに、石山本願寺に寄寓《きぐう》した近衛前久は、法主顕如の嫡子教如《きょうにょ》を猶子《ゆうし》とした。

もともと近衛前久は二条晴良《はるよし》と足利義昭によって放逐されただけで、その二人が信長によって追放されると、京へ帰還できた。

いわば信長は恩人であったが、放逐されているときに石山本願寺に反信長の決起をさせるなど、敵対行為を取っており、信長との仲はしっくりいっていなかった。

あからさまに信長へ逆らいはしないが、織田の一人勝ちを止めようと、裏でいろいろ画策をしていた。

天下に織田家と互角の力を持つ大名はいない。

中国の毛利、九州の大友《おおとも》、小田原《おだわら》の北条、奥州の伊達、四国の長宗我部《ちょうそかべ》、そして越後の上杉。どれも大きな力を持つが、単独で織田と戦えるほどではなかった。

ならば連携すればいい。

信長によって都を追放された十五代将軍足利義昭と石山本願寺の顕如が声高に叫んだが、すべてが手を結べるほど近くもなく、また利害も一致しない。

毛利は四国と九州に色気を見せ、上杉と北条は上杉謙信の後継を巡って争い、奥州の伊達では絶えず内紛が起きている。

とても四方から同時に織田を攻めることはできなかった。

「おのおのに任せておけばよい」

信長はそれぞれに配下の部将をあて、己は朝廷対策に専念した。

「石山本願寺に抵抗を止めるよう、勅意をたまわりたい」

「勅は難しい」

信長の要望に、武家伝奏の勧修寺《かじゅうじ》晴豊《はれとよ》が二の足を踏んだ。

勧修寺晴豊は信長と親しく、何度か石山本願寺との和睦を仲介している。

それでも正親町天皇の命《めい》である勅を出すのは難しいと首を横に振った。

「右大臣《うだいじん》を辞めてもよいのだが」

信長は辞官を口にして脅しにかかった。

この天正五年十一月、朝廷は信長を右大臣に任じた。

右大臣は関白、摂政、太政大臣《だいじょうだいじん》などの臨時官を除けば左大臣《さだいじん》に次ぐ高官である。

武家で右大臣にのぼったのは、鎌倉幕府三代将軍の源《みなもとの》実朝《さねとも》以来であり、実質五摂家が独占してきた。

朝廷がそこまで信長を厚遇したのは、臣下として枠組みのなかに置いておきたいからであった。

朝廷が天下の権を失って久しい。

地方の荘園を野盗から守るために雇い入れた武士が、いつのまにか年貢を押領し、朝廷の支配から脱したことが原因である。

年貢が入ってこなくなり、生活が苦しくなった朝廷は、ときの権力者にすがるしかなくなった。

かといってなんの代償もなく、朝廷に尽くすような純朴な者はいない。いや、いないわけではないが、そのような者は悪辣な連中の食いものになって消えていく。

結局、あくどい者が天下の権力を握る。

そういった連中を利用することで朝廷は生きてきた。

公家の娘をあてがうことで、取りこんだり、官位を与えて朝廷の枠組みに組み入れたり、なんとかして権力者の手綱《たづな》を握ろうとしてきた。

その最たる手段が征夷大将軍であった。

そもそも征夷大将軍は、その字のとおり蝦夷《えみし》の叛乱を鎮圧するために編成された軍勢の総大将である。

制圧する地方によって鎮西将軍、征東将軍、征狄《せいてき》将軍などもあり、征夷大将軍が必ずしも武家の棟梁というわけではなかった。

その征夷大将軍を武家の棟梁の代名詞にしたのが、源頼朝《よりとも》であった。

平氏を滅ぼし、右近衛大将となり鎌倉に幕府を開いた源頼朝は、まつろわぬ奥州藤《ふじ》原《わら》氏を征伐するための名分として征夷大将軍の地位を利用し、それが前例となったのだ。

ゆえに征夷大将軍は源氏でなければならないという妙な決まりも生まれた。

平氏である信長を征夷大将軍にすることはできないため、朝廷は右近衛大将とした。

征夷大将軍は本来蝦夷の謀叛があるときだけの臨時職にすぎず、常設である右近衛大将のほうが格は高い。

朝廷は信長を右近衛大将にすることで、征夷大将軍である足利義昭よりも高位だと天下に知らしめた。

支配する側というのは、される側を管理したいと考える。

いつでも消せるかまどの火は便利だが、人智ではどうにもならない火山の噴火は始末に負えないのと同じように、朝廷は信長をなんとかして臣下のくくりのなかに置こうとしていた。

そのために朝廷は、信長を、朝議にも参加できる右大臣という高官にも補した。

「第六天魔王と呼ばれる武将でも、朝議では赤子同然、我らの思いどおりに動かしてみせよう」

近衛前久ら公家が、信長を権威と血筋がものを言う朝議で、抑えつけようともした。

「辞しまする」

しかし、信長はその思惑をにべもなく蹴った。武家として最高といわれる右近衛大将と右大臣をあっさりと辞めた。

「官位で天下が取れるならば、朝廷の尊厳がここまで失われるはずもなし」

信長は冷めた目で朝廷を見ていた。

「なれど、無視はできぬ」

同時に信長は朝廷が大義名分の大元であると理解していた。

「朝敵という汚名はまずい」

実質はなくとも、天皇がこの国のすべてを支配している。

朝廷に刃《やいば》を向けることは、決してしてはならない禁忌であり、少しでもその気配を見せれば、信長に近い公家、寄騎している国人領主はもちろん、家臣たちも離れていく。

「いずれ、織田がその高みにいたるには、菅九郎の官位を進めておかねば……」

信長は右近衛大将と右大臣を辞したとき、嫡男の菅九郎信忠を後任とするよう、朝廷に要求していた。

「朝廷への奉仕は前右近衛大将が功績、嫡子といえども官位を相続したる前例なし」

いきなり階段を飛ばした出世は、やり過ぎだと公家たちの反発が激しく、信長の願いは叶わなかった。公家たちは己の所業をおいて、武家に厳しくあたったのだ。

五

織田が朝廷に代わって、天下の主になる。

力で天下を支配するだけならば、信長の代では少し難しいだろうが、信忠が成し遂げられるだろう。

毛利、上杉、北条と一つずつ潰していけば、五年ほどで奥州と九州以外は、織田のものになる。後は信忠が十年足らずで、切り従えるだろう。

「問題はその後だ」

信長はため息を吐いた。

源頼朝、足利尊氏《たかうじ》と武で天下を支配した武将は過去にもいた。

しかし、そのどちらも永代とはいかなかった。

天下を統一した源頼朝の血筋は三代で絶え、残ったのは執権北条氏によって操られた名ばかりの宮将軍と幕府であり、蒙古《もうこ》襲来という国難に耐えきれなかった。

足利尊氏が開いた幕府も、徐々にその力を失い、実権は鎌倉幕府の執権のような管領に奪われ、天下大乱を招いてしまった。

「それはなぜか。力で天下を制した者は、力で奪い返される。天下人は力だけではいかぬのだ」

信長のなかで天下統一はすでになったも同然であり、その未来《さき》が問題となっていた。

「織田の天下に刃向かうことを悪となす。続いて、家臣どもが第二の北条、細川、畠山、山名《やまな》にならぬよう、抑えつける」

祭りあげられて、実際の権力は家臣が握るというのは、ままある。

鎌倉の幕府も室町《むろまち》の幕府もそれが滅びの端緒であったし、なにより朝廷がそうであった。

天皇は政から遠ざけられ、神事である祀《まつ》りごとを担当するだけになっている。天皇をそのような存在にした近衛以下の五摂家も、因果応報で武家に国権を奪われたが、そもそも主君を傀儡扱いするのは、ここから始まったのだ。

「家臣どもが役に立たぬとわかったときは、その地位と力を奪い、新たな者に入れ替える」

信長は家臣たちに、地位の継承を許すつもりはなかった。

信長の考えた未来は、力と権威を織田家に集約し、永遠にこの国に君臨するというものであった。

「織田に従うことこそ正義、どうやっても織田には敵わぬという畏れ。これらをなしてこそ、織田は末代まで安泰となる」

余人に聞かせていい話ではない。なにせ、朝廷と並ぶほどの権威を手にして、家臣たちを捨て駒のように扱うと言っているのだ。

知られれば、織田に気を遣っている朝廷はもちろん、家臣たちも信長から離れていくのは間違いなかった。

安土城天主閣、その最上段、小姓といえども足を踏み入れられぬ天上の間で、信長は独りごちた。

小高い安土山、その山頂にそびえ立つ大天主閣からは、琵琶湖が一望できる。

「京か」

立ちあがった信長は、西へ目をやった。

「なにも京が都である理由はない。過去、大和にあった都は、浪速《なにわ》、福原《ふくはら》そして近江にも移った。ならば安土に都を持ってきてもおかしくはあるまい」

信長は天上の間に設けられている回廊から身を乗り出すようにして、天主閣の横を見た。

信長の見下ろす下には、本丸御殿があった。

「ここに御所を造る」

信長が安土城の本丸に建てた御殿は、柱の間を通常の六尺五寸（約一・九七メートル）ではなく、七尺二寸（約二・二メートル）と広くし、中央から左右に延びる三棟の建物という構造をしていた。

これは京の御所清涼殿《せいりょうでん》を模していた。

「いずれはここに天皇を迎える。織田が天皇の守護者になる。つまり安土を攻める者は、すなわち朝敵」

信長が胸を張った。

「あとは天皇の血を取りこめば……」

信長が大きく唇をゆがめた。

信長は、天上の間へ戻った。

「菅九郎の正室に皇女の降嫁を求めるには、それなりの地位がいる。少なくとも五摂家の嫡子と肩を並べるところまで昇っておかねばの」

嫡子菅九郎信忠は、十一歳のとき武田信玄の六女松《まつ》姫と婚約をなしていた。

だが、武田信玄が信長との同盟を破棄したことで、この婚約は解消された。

大名の婚姻は、そのほとんどが同盟の証《あかし》としてのものであり、両家を結びつける最良のものであった。

当然、松姫との婚姻の約束がなくなったならば、新たな同盟を結ぶべく、信忠は織田にとって価値ある大名と婚約を果たすべきであった。

しかし、すでに二十歳をこえているにもかかわらず、信忠は未だに正室を迎えていなかった。

信長が強く望んだ右近衛大将の継承を拒んだ代わりに、朝廷は信忠を天正五年の終わりに従三位下《じゅさんみのげ》左近衛中将に昇らせていた。

が、これも従五位の秋田城介を従四位下《じゅしいのげ》、従四位上《じゅしいのじょう》へとあげ、その後左近衛少将へ転じ、正四位下《せいしいのげ》を経て、やっと従三位下左近衛中将と、階段を一つずつ昇らせていくという手順を踏んでのことであった。

「型破りは許さぬとか。その前例がどうの、決まりがどうのという、頭の固いまねが朝廷を弱くしたと気づいておらぬ」

信長が嘲笑を浮かべた。

「あと少しだ」

右大臣と右近衛大将を辞してはいるが、信長は正二位という位階を与えられている。これは五摂家の当主に匹敵する高位であり、嫡男の信忠も、今後は相応の扱いを受けることができる。

「これで毛利を押さえ、石山本願寺を屈服させれば、信忠へ降嫁を願っても、文句は出まい」

信長が独りでうなずいた。

石山本願寺を黒い雲がおおっていた。

毛利が水軍を派遣して、石山本願寺に物資を補給してくれていた。

その毛利水軍が鉄甲船という新兵器を装備した九鬼水軍によって、駆逐された。

石山本願寺との陸路を確保しようと考えた毛利の誘いに乗った播磨三木城の別所長治、摂津有岡城の荒木村重も、織田の軍勢に囲まれて籠城するしかなくなった。

結果、石山本願寺は孤立した。

明けて天正七年（一五七九）、信長へ叛旗を翻していた丹波の波多野秀治《ひではる》が明智光秀によって捕らえられ、処刑された。これで丹波、丹後は織田のものとなった。

背後を守ってくれていた丹波の陥落は、有岡城の荒木村重を追い詰めた。有岡城を捨て海に近い花隈《はなくま》城へ逃げ出した荒木村重だったが、家臣にも見捨てられ、何方《いずかた》へとなく落ちていった。

荒木村重の抵抗がなくなったことで、織田の軍勢は背後を気にすることなく、三木城まで行けるようになった。

さらに毛利の先兵となっていた備前の宇喜多直家《うきたなおいえ》が、羽柴秀吉の勧誘に応じ、織田についた。

「もはやこれまで」

天正八年（一五八〇）一月、援軍の望みと食糧の備蓄を失った三木城は開城、別所長治は切腹した。

「これでどうだ」

信長は石山本願寺を落とす準備を整えた。

「お下知に従いまする」

三月、北条氏政が信長に臣従を申し出てきた。ともに新当主となり確執を取り払った上杉と武田が手を組み、北条を圧迫しているときに駿河を平定した徳川家康の相模侵攻まで激しくなっては、いかに関東の覇者とはいえ辛い。

北条は西への進出を諦める代わりに、上杉と武田へ対抗できる状況を望んだのであった。

「よくぞ、決断した。これで上杉と武田を滅ぼせる」

信長が驚喜した。

北条氏政の臣従で信長の天下は、夢ではなくなった。

「東が楽になった」

信長は安堵していた。

「右近衛権少将《うこんえごんのしょうしょう》も愚かなまねをした」

徳川右近衛権少将家康は、前年嫡男三郎信康を切腹させた。

「武田と通じたなどあり得ぬというに……」

信長は徳川家康とは幼なじみと言っていい。尾張に人質として来ていた子供のころから、知っている。

信長は徳川家康が、猜疑心の強い性格だとわかっている。

「父親から人質に出され、家臣に売られて、敵国だった尾張に連れてこられた。ようやく救い出されたと思えば、駿府での酷い扱い。今川義元が死んで抜け出したと思えば、一向一揆で家臣のほとんどが敵になった。無理もないが……」

大きく信長が嘆息した。

「三河一国くらい息子にくれてやればよかったものを」

徳川家康が信康を殺す理由の一つを己が作ったと、信長はわかっている。

「余の娘婿ぞ。恥ずかしくない待遇を求めても無理なき仕儀であろう」

信長の娘おごとく姫と信康との婚姻の場で、信長は三河一国を与えると宣していた。

そもそも三河は織田のものではないのだが、娘を嫁がせるとあればそれくらい当然だと、つい口にしてしまったのだ。

織田と徳川では、地力が違う。どちらも相手を失うわけにはいかない同盟ではあったが、国力でいけば織田が勝つ。

信長の要らぬ口出しにも、徳川家康は反論しなかった。

「武田が力をなくすまで待ったか。やはりしつこいな、あやつは」

小さく信長が首を左右に振った。

織田信長にとって娘婿の松平三郎信康の価値は、当初に比して大きく下落していた。

そもそも信長は徳川との同盟を強固なものとするために、娘を嫁がせた。

徳川との同盟が確立したとなれば、信長は背中を気にすることなく、美濃攻めから近江へと西進できる。

あのころの織田では天下に覇を唱えるなどまさに夢幻《ゆめまぼろし》であり、なんとか美濃を手に入れたいと必死であった。

しかし、状況が変わった。

織田は今、天下に揺るぎない大大名であり、徳川との同盟がなくなっても問題ではなくなった。

次に信長は、婚姻という関係を信じなくなっていた。そう、浅井長政の裏切りによってである。

天下の美女と噂された妹の市を嫁がせたというのに、織田の四半分の所領もない浅井は敵に回った。

それも、市を織田に返し、堂々と同盟を破棄してからならばまだしも、信長が朝倉討伐に出向いているその背後から不意打ちしようとしたのだ。

怒り心頭に発した信長は、朝倉義景と浅井長政を滅ぼした後、その首から肉を剝がし、金泥を塗って盃にしてさらした。

「やはり血がつながっておらぬ者は、信用ならぬ。といったところで、つながっていても信じられぬがの」

信長の猜疑心はより強くなり、徳川信康を庇護する気はなくなった。

「思ったより役立たずであったしな。徳川は」

今川義元亡き後、混乱したその領地を手に入れ損ね、かろうじて得た遠江も武田が出てくるとあっさり奪われた。

北条が織田に膝を屈した今、徳川の重要さは地に墜ちた。

「三郎についていた者どもは、不満を抱えた。徳川は右近衛権少将に従う者、三郎についていた者と二つに割れた。当分、まともに動くことはできまい。この間に武田を滅ぼし、甲州を手に入れれば、徳川を駿遠三《すんえんさん》に封じこめられる」

信長が嗤《わら》った。

第六章　見えた頂《いただき》

一

信長が甲州出兵をしようと考えた天正八年（一五八〇）四月、正親町天皇の勅意を奉じる形で、石山本願寺が和睦を受け入れた。

「今後、織田とは争わず、信心にのみ生きる」

石山本願寺法主の顕如は大坂を離れ、紀州鷺森《さぎのもり》別院へと移った。

「織田に屈することなどできぬわ。死んでいった信徒たちに顔向けができぬ」

法主顕如の決断に息子教如が反発、雑賀衆の残党を含む抗戦派とともに籠城、石山本願寺の引き渡しを拒んだ。

「出てきたならば、打ち払え。でなくば放っておけ」

信長は教如を相手にしなかった。

「主上のご宸襟《しんきん》を悩ますべからず」

八月、近衛前久を正使とする勅使が下向、その言葉には教如も抗いきれず、石山本願寺を退去した。

「十年かかったわ。なんとも無駄なときであったことよ。石山本願寺さえなくば、余の夢は手の届くところにまで近づいていたであろうに」

石山本願寺を落とした喜びよりも、無念さが信長の心を占めた。

「なにをしていた」

信長は、その無念さを石山本願寺攻略の総大将であった佐久間信盛に向けた。

「おまえには近江、河内、大和、紀伊、和泉の者どもを寄騎として預けたにもかかわらず、一度も総攻撃をせず、囲むだけで日々を過ごした。ほかにも与えた領地に見合うだけの兵を抱えず、金を蓄えるに執心した……」

信長は十九カ条に及ぶ詰問状を佐久間信盛、信栄《のぶひで》親子に突きつけた。

「なにを仰せられまする。我らは少しでも兵の損耗をなくし……」

佐久間信盛が抗弁した。

「またも余に逆らうか。黙って退身いたし、いずこかで手柄を立てて帰参を願うか、高野山《こうやさん》にて身を慎むか、どちらかを選べ」

信長は佐久間親子を、勝利に浮かれる重臣たちへの見せしめとして生《い》け贄《にえ》にした。

「もう、己が身で槍働きをするのは厳しい」

佐久間信盛は、信長の言った手柄を立ててての帰参という手立てを諦めた。

信長から叱責された佐久間信盛、信栄親子は、出奔を選ばず、高野山での謹慎を選んだ。

過去、信長は手元で使っていた同朋《どうぼう》衆拾阿弥《じゅうあみ》を喧嘩沙汰で殺した前田利家《まえだとしいえ》を放逐したが、桶狭間の合戦、美濃攻めで兜首を何度も挙げる手柄を立てたことで帰参させている。

信長はそのときと同じく、情けをかけたのだが、佐久間親子はそれを拒んだ。

「息子だけでも出るかと思うたが」

情けないことだと信長は首を左右に振った。

かつて石山本願寺攻めを担当していた塙直政が天王寺砦の戦いで討ち死にしたとき、包囲網崩壊の責任を信長は負わせた。塙直政は、信長の側室直子《なおこ》の兄であり、信頼厚い武将であったが、天王寺砦の敗戦で大きく石山本願寺攻略の計画を狂わせた責任を問われ、直子は追放、一族郎党も禄を奪われ、放逐された。

その塙直政の後を受けた佐久間信盛にも、信長は罰を与えた。

「情けないことよ」

佐久間信盛は織田家譜代の重臣である。信長がまだ尾張一国の領主でもなかったころから、内政、戦と尽くしてきた。

信長が嫡男菅九郎信忠に家督と岐阜城を譲り、安土城へ移るに際して、新館ができるまで滞在していたのは、佐久間信盛の屋敷であった。

それだけ信長は佐久間信盛を信用していた。

その佐久間信盛を信長は捨てた。

「十年じゃ。十年無駄にした。もし、五年早く石山本願寺を落とせていたら……」

信長はすさまじいまでの徒労感に襲われていた。

「配下のなかで最大と言える領地と軍勢を与えられておきながら……貴重なときを余に費やさせた」

信長の怒りは天下に驚きを与えた。

織田家にとって功績ある佐久間右衛門尉信盛が、弊履《へいり》のごとく捨てられた。

「佐久間がなぜ」

「右衛門尉さまが……」

柴田勝家、丹羽長秀らの譜代、羽柴秀吉、明智光秀らの新参、どちらもが絶句した。

その衝撃は冷める前に、上塗りされた。

「かつて余が急難のとき、野心を抱いた罪により、林佐渡守《さどのかみ》、安藤伊賀守と嫡男平左《へいざ》衛門尉《えもんのじょう》、丹羽右近大夫《うこんのたいふ》の居城、所領を取りあげる」

さらなる犠牲者を信長が生み出した。

「なにがどうなっている」

織田の家中が激しく動揺した。

林佐渡守秀貞は織田家筆頭家老でもあり、その内政を取り仕切ってきた重臣中の重臣である。たしかに信長が家督を継いだばかりのころ、おとなしい織田信行を担いで謀叛を企んだことはあったが、二十四年も前のことだ。

安藤伊賀守守就にいたっては、当初信長と敵対していたが、美濃攻めの最中に帰順し、そのお陰で稲葉山城を奪取できた。

丹羽右近大夫氏勝《うじかつ》は、丹羽長秀とは同姓別族で、もとは信長の叔父織田信次《のぶつぐ》に仕えていた。織田信次は信長を怒らせ、逃走した後城に籠もって抵抗したり、待遇改善を求めて手向かったりしたが、姉川の合戦、比叡山焼き討ち、越前侵攻などに従事、その後は石山本願寺攻めに加わっていた。

林秀貞同様、安藤守就、丹羽氏勝の罪も、はるか昔の話である。

そのときに咎め立てるならまだしも、本人でさえ忘れたころに言い出されたのだ。

「蛇のような」

「いつまでもお忘れにならぬ」

今回は咎められなかった家臣たちが恐怖を覚えるのも当然であった。

「待て……本当にそうなのか。佐久間信盛どのに傷はない」

ふと気づいた者がいた。

佐久間信盛を筆頭とする織田家の重臣、家臣たちが相次いで放逐された。

その放逐された者たちの共通点に気づいた者がいた。

「佐久間どのが五十歳余、林どのが七十歳近く、安藤どのにいたっては齢《よわい》八十に届かんとしている。丹羽どのも六十歳手前……」

「老齢の者ばかりだと……」

織田の家臣たちが息を吞んだ。

「いや、待て、それでは息子たちはなぜだ」

別の家臣が疑問を呈した。

「佐久間駿河守どのは、まだ三十歳になっておるまい。安藤伊賀守どのの子息は……四十歳くらいか」

「まだまだ若いの」

年寄りではないなと一同が納得した。

「ものの役に立たぬと思われたのではないか。佐久間どのが所領は織田家中においても多い。それを任せるには……」

「たしかに石山本願寺攻めの最中でも、おりに触れて茶会を開いていたほど、茶に淫していると聞いた」

「名物を金にあかせて収集しているとも」

家臣たちが口々に言った。

「安藤どのの子息は……」

「あまり噂を聞かぬ」

「たしかに手柄も知らぬな」

家臣たちが顔を見合わせた。

「役に立たぬ者を……」

一人が呟いた。

「いかん」

「やらねば」

家臣たちが腰を上げた。

この追放の後、柴田勝家は軍勢を率いて加賀侵攻を再開、金沢《かなざわ》御坊を落とし、加賀一向一揆を駆逐した。

羽柴秀吉は山名氏の籠もる有子山《ありこやま》城を落として但馬《たじま》を平定、滝川一益は武田家討伐の準備に関東へ向かうなど、家臣たちは争うように励んだ。

二

石山本願寺を大坂から排したことで、織田家は摂津、河内、和泉を支配した。また明智光秀の活躍で丹波と丹後が、羽柴秀吉の奔走で播磨、但馬が手に入り、備前の宇喜多が配下に入った。

「これで畿内は完全に支配した」

信長が宣した。

「この後は、朝廷と南蛮よ」

信長の目は足下と遠くの両方に向けられていた。

朝廷への工作は遅々として進んでいなかった。朝廷はなにかあると信長に金をねだる。御所の塀が崩れた、皇女に内親王宣下をしたい、天下安寧を祈禱《きとう》したいが、寺社への寄進ができぬ。

これらの要求に信長は応じてきた。

「金で従えてくれる」

朝廷に鉄炮の筒口、槍の穂先を向けることはできない。

武でだめならば金でと、信長は多少の嫌みを口にしたり、たまに拒んだりはしたが、おおむね要望に応えてきた。

しかし、朝廷は未だ信忠へ姫宮を降嫁させるとは言わずにいた。

「少し対応を変えるべきだな」

信長は朝廷への態度を転換した。

「見事なるものである」

完成した安土城を狩野永徳《かのうえいとく》に描かせ、屏風《びょうぶ》に仕立てたものを信長は、正親町天皇のもとに持参、その財力を見せつけた。

「是非とも朕の寝殿に置きたいものである」

「お断りいたしましょう」

正親町天皇の要望を、信長は蹴飛ばした。

「なにを」

石山本願寺の勢威が衰えてから、信長に従順な振りをし出した近衛前久が、慌てた。

「あの屏風はすでに行き先が決まっておる」

「どこへやると」

「南蛮」

近衛前久の質問に、信長は淡々と告げた。

織田信長は近衛前久を前にしながら小さく嗤った。

「待ちゃれ、前右府《さきのうふ》よ。主上のお望みを拒んでおきながら、欲しいともなんとも申しておらぬ南蛮人にくれてやると申すか」

信長との仲を修復しようとしている近衛前久でも、これは見過ごせなかった。

「見返りもなく欲しがるだけであろう」

信長が近衛前久を冷たくあしらった。

「なにを言う。右大臣にまで昇らせていただいておきながら……」

近衛前久が憤った。

「してくれと言った覚えはない」

「……」

反論した信長に、近衛前久が黙った。

「なりたい者はいくらでもおるのだぞ」

だが、すぐに恩着せがましく言い返した。

「なら、そいつらにくれてやれ。余は名前だけの官職など、不要だ」

「そなたっ」

朝廷の価値を蹴飛ばした信長に、近衛前久が怒った。

「南蛮をおろそかにしていいと思っておるのなら、貴殿もそこまでだな」

「むっ」

信長に言われて、近衛前久が詰まった。

「南蛮と我が邦《くに》では、どちらが強い」

「それは……」

訊かれた近衛前久が戸惑《とまど》った。

信長が続けた。

「鉄炮も大筒も南蛮からもたらされたものだ」

「物見高い近衛どののことだ。南蛮船を見たことはあろう」

朝廷における権力闘争で二条家に敗れた近衛前久は、長く京を離れて放浪していた。上杉謙信のもとを訪れて、北条攻めに参加してみたり、堺まで足を延ばして茶の湯を楽しんだり、公家としては珍しい行動力を持っていた。

「見たことはある」

近衛前久が認めた。

苦そうな顔で答えた近衛前久に、織田信長は質問を続けた。

「どう思った」

「……なんと奇怪なものかと思ったわ。あんな船底が尖《とが》った形で、よくも浮いていられるものよ。麿ならば、いくら金を積まれても乗りとうはない」

近衛前久が嫌そうに顔をゆがめた。

和船は底に船板を並べたような造り方をするため、平たく見える。せいぜい琵琶湖か鴨《かも》川しか知らない者から見れば、和船のほうが安定しているように思えても無理はなかった。

「あの船で南蛮の者どもは、何千里も先の遠いところから、海を渡ってやってくる。それくらいわかっているだろう。気づかぬ振りはやめよ」

厳しく信長が指摘した。

「…………」

近衛前久が口をつぐんだ。

「あの船にいったいどれだけの大筒が載っているのか、どれほどの鉄炮が秘されているのか、わからぬのだ。それこそ、余が十年かかった石山本願寺を、南蛮船ならば一日で灰にしてみせたやも知れぬのだぞ」

「そんな力が、南蛮には……」

信長の発言に近衛前久が息を呑んだ。

「堺の商人たちから聞いてはおらぬのか。南蛮は船でたどり着いた国を、その武力で制圧して我がものにしていると」

「聞いたような気がする」

ますます近衛前久の顔色は白くなった。

「大坂から京まで、一日かからぬぞ」

「なにを考えている、前右府」

淡々と口にした信長に、近衛前久が大声を出した。

「朝廷の権威は、南蛮まで響いておるかの」

信長は追い打ちをかけた。

震える唇で、近衛前久が織田信長に問いかけた。

「そなたならば、南蛮相手といえども勝てよう。あの武田を破った織田ならば」

「南蛮単体なら、なんとかできよう」

「……南蛮だけならばとはどういう意味じゃ」

近衛前久が信長の言い様に引っかかった。

「九州や中国には、南蛮と組みそうな者がおろう」

「大友や、大村《おおむら》、有馬《ありま》か」

すぐに近衛前久が信長の言いたいことに気づいた。

「島津も、長宗我部もな」

信長が加えた。

「海と面している西国の大名は、いつ寝返るかわからぬ。南蛮の船が大坂に集まったとき、九州と四国の大名がもし敵になれば、いかに織田といえども勝てぬぞ」

「大坂へ上陸できぬように守りを固めれば……」

「大筒を撃ちこまれて陣を崩されたところに、島津や長宗我部の兵が攻めてくれば、それまでぞ」

軍事に疎い近衛前久の案を、信長は一蹴した。

「そうなったら、朝廷は終わる」

信長が近衛前久を見た。

「どうすればよいのじゃ」

「南蛮を躊躇させるしかなかろう。そのために宣教師どもに安土城を見せた」

問うた近衛前久に信長が告げた。

安土城が完成したところで、信長はイエズス会の宣教師ルイス・フロイスを招待し、自ら案内役を務めていた。

その後、イエズス会の求めに応じる形で、安土にカトリック宣教師育成のための学校セミナリオの建築を許している。

「南蛮にそなたの力を見せつけるためか」

「そうよ」

信長がうなずいた。

宣教師から地球儀を贈られた織田信長は、世界の広さを理解していた。

「南蛮から我が邦まで来るためには一年近い日がかかるという。となれば、大友が織田によって攻められ、南蛮に援軍を求めたとして、船の往復だけで二年要る。その間に大友を落とせばよいと思うているのか」

「二年もあるならば大丈夫であろう」

「少ない。いきなり大友を攻められるわけではないのだぞ。九州にいたるまでに、中国と四国を支配しておかねば、いつ背後を襲われるか。とても二年では足りぬ」

　近衛前久の言葉を信長は否定した。

「少しでも援軍の出立を遅らせ、ときを稼がなければならぬ。だが、現況は侮られているとしか言えまい。鉄炮も大筒も南蛮が生み出したもの。おそらくさらなる新型のものが南蛮にはあるぞ」

「我が邦には、我が邦のよいところがある」

　信長に近衛前久が反発した。

「それをどうやって南蛮に認めさせるのだ。我らに万里の波濤《はとう》をこえるだけの力はない」

「……それは」

　近衛前久の勢いがすぼんだ。

「ゆえにあの屏風を南蛮の王たる者にくれてやるのだ。海の果て、遅れていると信じている国が、これほどの城を建てている。そう思わせるだけでもいい。少なくとも侮りは薄れよう。援軍を送るにしても、慎重になってくれようし、数がそろうまで出撃しないかも知れぬ」

「ときを稼ぐとは、そのことか」

　ようやく近衛前久が理解した。

「せめて織田が四国と中国を押さえるまで、南蛮には動いてもらうわけにはいかぬ」

「今上さまから大友を説いていただけばよいではないか。石山本願寺のように。なんなら麿が使者になってもよい」

「大友が聞くかの。いや、それより朝廷が耶蘇教《やそきょう》を受け入れられるか」

「……無理じゃ」

　信長の確認に近衛前久が首を横に振った。

　朝廷とカトリックは、根本から違っていた。

天皇は八百万《やおよろず》の神の主神である天照大神《あまてらすおおみかみ》の子孫であり、現人神《あらひとがみ》であるという朝廷に対し、カトリックは、創世主であり唯一絶対神たるイエス・キリストを崇《あが》める。

　唯一絶対神が、東洋の隅にある小国の神を認めるはずはない。と同時に、千年の歴史を続けてきた朝廷が、八百万の神を否定するカトリックを受け入れるはずもない。

　そして大友は日本古来の神を捨て、カトリックに帰依した。

　大友だけではない。大村も有馬もカトリックの信者となって、領内の寺社を圧迫している。もちろん、信長の配下のなかにも小西行長《こにしゆきなが》、高山右近、黒田孝高《くろだよしたか》などのキリシタン大名がいる。

　それらキリシタン大名が、南蛮の侵略を受けたときにその先兵となるかも知れないのだ。

「前右府は、耶蘇教を庇護しておきながら、帰依せぬの」

　ふと近衛前久が問うた。

「耶蘇は庇護してやらぬと、硝石《しょうせき》や新しい文物をよこさぬ」

　信長が苦い顔をした。

「それに……余は神仏を信じておらぬ」

「なんということを申すか」

　続けた信長の一言に、近衛前久が絶句した。

「比叡山を見よ、石山本願寺を見よ。御仏を祀り、衆生を救うべき僧侶が、金をむさぼり、美食にふけり、淫の限りを尽くす。それを何年もしておきながら、仏罰とやらは下っておらぬ。伊勢にしてもそうじゃ。式年遷宮さえできぬほど困窮していても、神田を押領した武士に神罰を与えぬ」

「神や仏の御心がそれだけ広いのじゃ」

「寝言を言うな。坊主どもが快楽に浸っている陰で泣いている者は数えきれぬほどおる。心が広いというならば、救え」

信長が怒った。

気の短い信長は、神仏に頼るという曖昧なものを信用していなかった。

「川で溺れている子供を神仏に祈るだけで救えるか。それより棒の一つでも差し伸べるほうが早い」

「…………」

「まあいい。貴殿と神仏の話をする意味はない。絶対にお互いの納得は得られぬ」

無駄なときを過ごす気はないと信長は議論を打ち切った。

「屏風のこと、わかったであろう」

「ああ」

近衛前久が首を縦に振った。

「ところで、織田家の棟梁の正室にふさわしい宮さまは決まったか」

信長が問うた。

「……今、朝議で相談しておる」

「長すぎるな」

近衛前久の答えに、信長が不満を露わにした。

「なにぶんにも前例がないのでな」

「前例は作ればいい」

気まずそうに横を向いた近衛前久に、信長が述べた。

「武家から今上さまへ、娘をご奉公に出した例はあるのだが……。前例のないことには、朝議で説き伏せられぬ」

「苦情を申しておるのは、誰ぞ」

「それを聞いてなんといたすつもりじゃ」

訊いた信長に、近衛前久が不安そうな顔をした。

「公家が多すぎると思わぬか」

「……なにを申す」

にやりと嗤った信長に、近衛前久が唖然とした。

「いつの世でも同じじゃ。ときの流れを読めなかった者は消えていくことになる。おまえたちもやってきただろう、大伴《おおとも》氏、蘇我《そが》氏、菅原《すがわら》氏とな」

信長が指摘した。

三

織田信長は、天正九年（一五八一）一月十五日、居城安土城の城下町で、左義長《さぎちょう》をおこなった。

左義長は年始に迎えた歳神を天に帰すための行事で、注連縄《しめなわ》や門松などを焚《た》き、その火で餅などを焼いて食することで、正月の終わりを告げ一年の厄をはらう。

「金を遣え。祭りを天下一の城下町にふさわしいものにな」

派手好きな信長は、左義長も民衆に織田の力を示す機会として利用した。

大量の爆竹を鳴らし、自ら南蛮鎧を身にまとい、白馬にまたがった信長が、家臣たちを引き連れて城下を練り歩いた。

「唄えや、舞えや。吾を讃えよ」

金扇を振り、見物の民衆を信長は煽った。

「殿さまあ」

「将軍さまあ」

民衆たちにとって、武士でもっとも偉いのは将軍だというていどの認識でしかない。

信長の強さは、城下に住まう民衆の安全につながる。

すでに織田が外敵と戦う場は、因幡《いなば》、備中、甲州、越中と、安土城のある近江から遠い。

安土にいる限り、民衆が戦に巻きこまれることはないのだ。

民衆たちが信長を讃えるのは当然であった。

「洛中でもしてくれぬかの」

左義長を終え、京へ上った信長に、山科権中納言言経《ときつね》が求めた。

「今上さまが、安土での左義長の噂をお聞きになられての。是非見たいと仰せでの」

申しわけなさそうに、山科言経が口にした。

「権中納言の頼みとあれば、やむなし」

信長が引き受けたとうなずいた。

織田家と山科家はともに先代からの付き合いがあった。御所修復の献金を集めに山科言経の父言継が信長の父信秀を尾張まで訪ね、以降なにかと遣り取りを続けていた。

信長が上洛したてのころは、山科家が織田家の奏者を引き受けている。

「どうせならば、より派手に、天下一のものといたそう」

信長が口の端を吊り上げた。

信長は明智光秀に、京での馬揃えを準備するように命じた。

「馬揃えでございまするか。山科さまからは、左義長だと伺っておりまするが」

明智光秀が怪訝な顔をした。

「なにを寝ぼけたことを申しておる。そもそもそなたに京を預けたのは、なんのためだと思っておる」

信長が青筋を立てた。

「……いろいろと手は尽くしておりまするが、なかなか」

叱られた明智光秀も、信長が嫡子信忠に天皇家の血を引く姫をあてがおうとしていることは知っている。

「公家どもは一筋縄でいかぬ。ゆえにそなたを咎める気はない。が、このままでは無駄にときを費やされていくだけじゃ」

信長が険しい顔をした。

「そなたも乱世がもう終わるとは、わかっておろうな」

「上様が天下を取られると信じておりまする」

確認された明智光秀が、あわてて答えた。

「そうじゃ。余が天下平定の地ならしをする。そして、左近衛中将が仕上げる。天下から戦はなくなる」

「…………」

信長の語りを、明智光秀が畏《かしこ》まって聞いた。

「問題は、その後じゃ。鎌倉も室町も、どちらの幕府も保たなかった。その原因はいくつかある。その一つが位置だ」

「位置……でございまするか」

明智光秀が不思議そうな顔をした。

「そうだ。鎌倉は遠すぎて京の動きを把握するのに暇がかかりすぎ、倒幕の動きに対し、後手に回った。そして室町は、近すぎて取りこまれてしまった」

信長が首を左右に振った。

「京から遠すぎず、朝廷の懐である洛中ではないところ。それこそ天下を治めるにふさわしい。ゆえに安土なのだ」

強く信長が告げた。さらに続けた。

「安土から半日で京へ着く。どこの大名が京を襲おうとも、そなたが防いでいる間に余が、一日かからずして左近衛中将が駆けつける」

「心強く思っておりまする」

このまま京の守護職を続けさせると言った信長に、明智光秀はそう応えるしかなかった。

「それに安土、そなたの城坂本、はげ鼠の城長浜《ながはま》があれば、琵琶の湖《うみ》は支配できる。すなわち京へ入る荷物のほとんどを織田が差配できる」

信長は朝廷が敵に回ったときのことも考えていた。

公家たちほど贅沢《ぜいたく》に憧れている者はいない。千年の歴史を誇りながら、明日食べるにも困っているのが、公家の現状である。

事実、食べるに困って、地方の大名のもとへ下向して、食客《しょっかく》となっている者もいる。山科言経の父言継は長く駿府の今川氏のもとに滞在していた。他にも、土佐《とさ》の分家一《いち》条《じょう》氏にすがった五摂家一条家の例もある。

馬鹿にしている、下に見ている武家たちの援助がなければ生きていけないという不満を、公家はうちに秘めていた。

台頭してきた武家を潰すことでその不満を解消しようとする公家がいることを、信長は知っていた。

「ときの流れから、取り残されているとわかっておらぬ馬鹿どもに誰の天下かを知しめるため、今回の馬揃えをおこなう。きんか頭、してのけろ」

「はっ」

これ以上の抗弁はまずい。信長の命《めい》を明智光秀は受けた。

左義長という厄落としの祭、爆竹を多く使うという派手さを見てみたいと考えていた朝廷は、馬揃えという武威を見せつけられて消沈した。

「いつでも抑えつけられるとの意思表示か」

近衛前久に代表される信長嫌いの公家たちは憤慨した。

五百騎をこえる織田の武将が堂々たる馬揃えをなすなか、織田信忠は譜代衆の後、五番目に尾張、美濃の衆や織田家一門衆を率いて、行列の中核をなした。織田信長が小者二十七人だけを供に連れて行列後方を進んだのとは違った。

馬揃えは二月二十八日におこなわれただけでなく、たたみかけるようにして三月五日にも強行された。

「なんともきらびやかな」

「堂々たるありさまじゃ。これで洛中は安心ぞ」

京の町家衆は、織田家の威容に安堵した。

「見せつけてくれる」

その一方で、公家の一部には信長に対する反感が膨れあがっていった。

織田に頼ろう、いや排除しよう、公家衆が二つに分かれるなか、正親町天皇は三月九日、信長を左大臣に推任した。

「譲位があれば、謹んで承りたい」

信長は正親町天皇から誠仁《さねひと》親王への譲位を要求した。

「譲位はいたしたいが……」

正親町天皇はこの天正九年に六十五歳とかなり高齢であった。

体調もあまり芳しくなく、かなり前から譲位を希望していた。

しかし、譲位をおこなえば、新たな天皇の即位もしなければならなくなる。譲位式と即位式、それに伴う各種行事を催すだけの、そして上皇となった正親町天皇の仙洞《せんとう》御所を建てるだけの費用が朝廷にはなかった。

もともと金のない朝廷は、正親町天皇の即位のおりも費用がなく、毛利など全国の大名に寄付を募って、なんとか工面したくらいである。

だが、信長が天下を統一しかけている今、朝廷が織田に敵している毛利や上杉に使者を出すのはまずい。

朝廷は左大臣という高官職を差し出すことで、信長に費用の供出を求めたのであった。

織田信長は、左大臣を受けることで発生する負担を理解していた。

「いつでも取りあげられるものでごまかそうとする。やはり朝廷は信用できぬ」

正親町天皇が何度も譲位をしたいと口にしていることを、信長は知っていた。その費用を出すくらい、織田家にとってはなんということはない。されど信長は知らぬ顔をしてきた。

「中将に降嫁を」

信長はここ数年、これだけを朝廷に求め続けてきた。

「武家に至高の血を渡すことはできぬ」

朝廷としては、第二の平清盛《たいらのきよもり》を生み出すことだけは避けたい。

平清盛は娘を高倉《たかくら》天皇のもとへ入れ、その間に生まれた孫の安徳《あんとく》天皇を三歳で即位させ、外祖父として天下を思うがままにしようとした。だが平家は源氏の台頭で衰退、清盛の野望は潰えたものの、その結果朝廷は鎌倉幕府に頭を押さえつけられ、より一層困窮することになった。

「猶子、あるいは養女という手はどうじゃ」

「摂関家の姫などもったいない。清華《せいが》か大臣家あたりの娘でよかろう」

公家の一部からは、正親町天皇の娘という名目だけの女を与えればいいと言う声もあがった。

「愚かと言う気も起こらぬわ」

近衛前久があきれ果てた。

「前右府が望んでいるのは、名ではない。実だ。それをわからぬとは……あのていどの輩が朝議に出て意見を出すなど、朝廷が衰退するのも当然か」

近衛前久が大きくため息を吐いた。

摂政関白を輩出し、天皇家とも血を交わす近衛、一条、二条、鷹司《たかつかさ》、九条《くじょう》の五家は祖を同じくする一門ではあるが、並び立つことのない臣下最高の地位を争う敵同士でもあった。

近衛前久は足利義昭と組んだ二条晴良との政争に敗れ、下洛を余儀なくされた。

その経験が近衛前久を変えていた。

近衛前久は当初、信長を朝廷の番犬にと考えていた。織田は平氏ゆえに幕府は開けないが、名目くらいいくらでも作れる。

「京都守護職にでもしてやれば……」

武士にとって朝廷の官位ほどありがたいものはない。

なにせ朝廷は神の住まうところなのだ。天皇を主神とし、公家という眷属《けんぞく》が従う。どれほど武に優れていようとも、神には勝てない。なにより、神は死とは無縁である。言わずもがなだが、天皇といえども死は訪れる。だが、その死は庶民とは違う。庶民が死ねば、なに一つ残らないが、天皇は常世から黄泉《よみ》の国へと居所《きょしょ》を替えるだけ。だからこそ、天皇は死すると言わず、隠れると表現される。

つまりは、死後の世があると示している。当然、眷属たる公家たちも、そこにあるいは近くに呼ばれる。

永遠……。

互いに相争い、敵を倒すことで糧を得ている武士にとって死は身近であるだけに、永遠を欲する。

だから武士は大金を積んで、朝廷から官位をもらいたがるのだ。もちろん、己に正義がある、朝廷の後押しを受けているという意味も含んではいる。しかしながら、その根底は、己も公家の一人に列したいとの欲望であった。

「あやつは違う」

近衛前久は信長と付き合っていくうちに、その異常さに気づいていた。

「人は死ぬ。そこに神も仏も介在しない。そして死人はなにもできぬ」

信長の死生観は、無であった。

「前右府の狙いは、織田の名前と己の血筋を永遠に続けること」

近衛前久は信長の狙いを正確に見抜いていた。

四

織田信忠を馬揃えの中央に配し、次の天下人だと見せつけても、なかなか朝廷は動かなかった。

「譲位をいたしたい」

「お心のままに」

そんな状況で正親町天皇が望んだ譲位を信長は受け入れた。

「金ですむならばよい」

あっさりと信長は認めた。

「今年は年回りがよろしからず」

しかし、一度は譲位を受け入れた信長が、不意に前言を翻した。

「誠仁親王が次の天皇になるとは限らない。一部の公家が、織田に近い誠仁親王の即位に異を唱えている」

朝廷のなかでの策謀が信長に知らされたのだ。

「愚かなり」

信長はあきれ、譲位を延期させた。

誠仁親王は信長が上洛して以来交流を続けてきた皇族で、二条御所を献上するなど、後ろ盾として保護してきた。

「前右府は父のごとし」

誠仁親王も信長を頼りにしている。

なにより、誠仁親王には信忠の正室たり得る姫宮がいる。

信長としては、なんとしてでも誠仁親王に次の天皇になってもらいたい。

戦国の終わりは見えてきた。

京にある朝廷が、次の天下人として、誰を選ぶかの結末もほぼ決まっている。

畿内の者は、間近で織田の実力を見ていることもあり、石山本願寺が降って以来、おとなしく信長の意向を窺《うかが》っていた。

　譲位を見送るべしと信長が言った天正九年、不意に高野山が敵対した。

　紀州の根来《ねごろ》衆や畠山氏の残党と手を組み、叛旗を翻した。

「比叡山の二の舞になるぞ」

　朝廷を刺激したくない信長は、最初使者を送り、高野山との戦闘を避けようとした。

　だが、高野山は、この使者を皆殺しにして、抗戦を選んだ。

「潰せ」

　天下人が侮られるわけにはいかない。信長は、一門で岸和田《きしわだ》城主の織田信張《のぶはる》に高野山攻めを命じた。

　高野山は霊場であるとともに修行の場でもあり、山々に囲まれた攻めるに難しい地形をしている。根来寺を攻め落とし、高野山を包囲するなど、戦況は織田に優位であったが、高野山衆徒の頑強な抵抗もあり、膠着《こうちゃく》状態となった。

「高野山は後じゃ。武田を先に滅ぼす」

　信長は、主戦場を甲州へと移した。

　長篠の合戦以来、逼塞していた武田勝頼が、また動き出した。

　最初、北条家と同盟し、織田に対抗しようとした。が、謙信亡き後の上杉家の家督相続に手を出し、北条から養子に入った上杉景虎ではなく景勝と組んだことで、この同盟は破棄された。代わりに、上杉と同盟を組むという驚天動地の状況を生み出したが、お家騒動を起こしたばかりの上杉に、武田を援護するだけの力はなく、上野《こうずけ》を巡って北条と争うことになる。そして、これが北条と織田を結びつけてしまった。

武田は東西を敵に挟まれた。

近衛前久は、震えていた。

「まさか、譲位を先延ばしにさせるなど……」

正親町天皇から前右大臣織田信長に近い誠仁親王へ皇位を譲るという話が、一年先延ばしにされた。

「あれほど前右府が待ち望んだものであったというに」

譲位とともに信長は、右府と呼ばれる右大臣より格上、太政大臣に次ぐ地位の左大臣へと昇り、新たな誠仁帝を支える朝臣となるはずだった。

しかし、信長は一度譲位を認めると言っておきながら、年回りが悪いという理由にもならない口実を出して、延期するよう申し出てきた。

「前右府の奏上とあればやむなし」

そろそろ高齢になりつつあり、あまり体調のよくない正親町天皇は、譲位を楽しみにしていたが、信長の援助なしにはおこなえない。

朝廷は信長の庇護がなければ、息もできない状態になっていた。

「どうにかせねば、高貴なる血が絶える」

近衛前久は深刻な顔をした。

「尾張の鄙者《ひなもの》」

「雅《みやび》を解せぬ無骨者」

「血の汚れをまとった悪逆なりし者」

陰では信長を馬鹿にしている公家たちも、その宿舎へ押しかけては媚びを売っている。

「吾が姫を室に迎えてたもらぬか」

なかには織田家との縁を求めて、娘を差し出そうとする公家もいる。

「今上の譲位は、前右府にとって絶好の機であったろうに……なぜ先延ばしにした」

近衛前久は信長の考えを読み解こうと必死であった。

「足下に近い高野を放置し、武田へ遠征をするのはなぜだ。左近衛中将に箔付けせんがためか」

信長は織田の家督をすでに嫡男に譲っている。天正八年七月には、安土に向かった勅使を信長に代わって信忠が応接している。そして洛中馬揃えでは、行列の中央にて最大の軍勢を率い、織田の当主としての威厳を見せつけた。

かつて源頼朝は、天下人となりながら京から離れ、朝廷に組みこまれることを嫌った。

足利尊氏は、逆に京を本拠とし、朝廷とともに衰退した。

「前右府が狙いは、鎌倉、室町の失敗から学んだもの。それは朝廷と対等な格、そして天下を支配する武」

近衛前久は、織田信長の目標を、血を交えることによる皇統乗っ取りであると見ていた。

嫡男信忠に、内親王の降嫁を求め、二人の間に生まれた子供を皇位に就ける。もし、女子《おなご》しか生まれなかったならば、その次の代、次の次の代を待つ。

「天皇が天下一の武を兼ねる。まさに大和のころの姿」

近衛前久がため息を吐いた。

かつて天皇家は、遠く九州から東へ勢力を進め、何代もかけてこの国を支配していった。

和睦、あるいは婚姻によって、血を見ることなく吸収した豪族もある。敵わぬと知って膝を屈した者もいた。しかし、ほとんどの場合、戦って相手を滅ぼし、屈服させてきた。

そう、天皇家は過去、日本最大、最強の武であったのだ。

しかし、天皇による支配が確立した後の泰平で武は衰退した。

軍というのは、金食い虫である。戦もないのに数万、数十万という軍勢を養うのは、かなり厳しい。

政を担う者ならば、万一に備えることこそ軍の役目とわかっている。なれど、国の予算の多くを喰われるのは痛い。

泰平になれば今までできなかったことに手が出せる。都を発展させ、地方との行路を開発する。人の手の入っていない土地を開拓し、年貢を増やす。金はいくらあっても足りない。

そうなると敵のいない軍事に遣う金が無駄に見える。

結果、天皇家は仏法の教えに従って殺生を避けるとして武から手を引き、血筋の正統性だけで天下を押さえようとして衰退した。

天皇が武を捨てたことで、地方は荒れた。

盗賊を働いても、略奪を働いても、鎮圧に来る者がいないのだ。

「これはたまらぬ」

やがて悪党は、京で安閑とした生活を送るかつての武力の担い手であった公家の荘園も襲い始めた。年貢が奪われ、荘園が破壊される。

年貢が入ってこなくなった公家たちは、なくなった軍の代わりに、荘園の番人を配置した。それが侍であり、新たなる武であった。

蔵番に金を盗まれるではないが、やがて侍たちは、主人たる公家へ送るものを押領し始めた。それは徐々に大がかりなものとなり、ついには荘園ごと奪う。

国人領主の誕生であった。

武と金を持った国人領主は、周辺を支配したり、守護に従属しながら大きくなり、ついには大名となった。

こうして天皇と公家は、名のみの飾りになってしまった。

「前右府は、過去を学んでいる。今までのやり方では、いずれ織田も衰退するとわかっている」

近衛前久は、信長が己の理想を体現するために動いていると読んでいた。

その大きな一歩となる譲位を先延ばしにし、武田攻めを優先した。

その信長の意図するところが、近衛前久にはわからなかった。

「今更、武田を滅ぼしてどうする気だ」

すでに長篠城を巡っての合戦で、武田家は名だたる将のほとんどと、天下最強の名前を失っている。かろうじて甲斐一国を維持できるていどにまで落ちた武田を、織田が攻める意味はない。放っておいても甲斐と境を接する徳川、北条によって蚕食されていく。

「武田の次は上杉、そして毛利……まさか」

近衛前久の脳裏に雷《いかずち》が走った。

信長の勢力はすでに京を囲んでいる。

近江は安土城を建てたことからもわかるように、信長の本拠になり、大和は表裏のはっきりしなかった松永久秀を滅ぼして支配した。

長く信長に敵対していた丹波も明智光秀によって平定され、播磨は羽柴秀吉の奮闘で織田のものとなった。

つまり、京へ兵を進めようとすれば、かならず織田の領土を通らなければならないのだ。

「すでに洛中は前右府の手のなかにある」

近衛前久の声が震えた。

「もし、前右府が朝廷を滅ぼす気になれば……どこの大名も間に合わぬ」

朝廷は官位を使って諸大名を操り、均衡を保つことで生き延びてきた。それが崩れたことを近衛前久は理解した。

右大臣、右大将という高位の官職も信長は平然と捨てている。従五位下の諸大夫《しょだいぶ》でさえ、這いつくばってでも欲しがる他の大名とは違う。

「比叡山をもう一度か」

王城鎮護、仏法守護の聖地であった比叡山は、それを神輿に好き放題してきた。朝廷でさえ比叡山の要求を拒めなかったのを、信長はあっさりと焼いた。

「信長は朝廷を崇敬してはいない。ただ、朝敵になりたくなかっただけ」

朝敵となれば、天下に居場所がなくなる。

今まではそうであった。

「武田、上杉、毛利が滅べば、朝敵になったところで、どうということはない」

土佐に荘園を持つ一条家から、四国を手にした長宗我部が信長に膝を屈したらしいと近衛前久は聞かされている。

また、九州の大友は島津の圧迫に耐えかねて、信長に援助を求めてきている。

そしてかつての蝦夷、今の奥州は、端から朝廷の考える天下にはない。

「……まさに天下布武の完成」

近衛前久は、信長の胸底にある、信忠に内親王を迎えてという表の企てとは異なる裏の計画に思いいたった。

源頼朝、足利尊氏もしなかった、いやできなかった真の天下統一を信長は望んでいる。それがゆっくりと血のつながりで侵略していく表のものか、一気に血を流させる裏のものか。どちらにせよ、朝廷は今のままであり続けることはできない。

「譲位を先延ばしにし、武田を、上杉を、毛利を滅ぼしにいったということは……」

近衛前久が息を呑んだ。

「次は朝廷を潰す」

少なくとも皇統に連なる者はすべて殺される。織田信長の考える永遠なる天下に、騒乱の旗印になり得る血筋は不要である。

「摂関家も生き残れぬ」

近衛、一条、二条、九条、鷹司の五摂家は、そのすべてに天皇家の血が入っている。また、婚姻や養子縁組もこの枠内でおこなわれることが多いだけに、一族一門でもある。

それこそ、織田に対抗する旗印と見られるだけだ。

信長に協力をしたところで、生き残れるという保証はない。

「なんとしてでも織田を止めねばならぬ」

毛利でも島津でも上杉でもいい。織田に対抗できずとも抵抗できる勢力が生き残ってくれねば、朝廷の未来はない。

「武田は救えぬ。武田が滅びるまでのときを利用して、織田をどうにかせねば」

近衛前久は尻に火がついた思いであった。

織田信忠を総大将とした軍勢は、武田の一門仁科盛信《にしなもりのぶ》の守る信濃高遠《たかとお》城を激戦の末落城させ、それを見た武田方の将が続々と降伏、無人の野を行くがごとしの勢いで進軍した。

織田の快進撃に、武田勝頼は居城新府《しんぷ》城を捨てて逃げ出し、譜代の重臣小山田信茂《おやまだのぶしげ》を頼るが離反され、甲府の東、相模との国境に近い天目山《てんもくざん》にて自害した。

「後は滝川左近将監に預ける」

武田家を滅亡させた信忠は、傅育役でもあった滝川一益に後事を預け、安土へと凱旋した。

五

武田が滅んだ。

「…………」

近衛前久は息の止まる思いで、その報を聞いた。

「もう、余裕はない」

腹を決めた近衛前久が動いた。

「おじゃるかの」

近衛前久が訪ねたのは、権大納言三条西公国《さんじょうにしきんこく》である。

「前関白さまが、当家のようなところへ」

迎えた三条西公国が驚愕した。

三条西は近衛と同じく藤原北家《ほっけ》を源流に持つ公家で、家格は大臣家になる。代々の当主がやり手で、たびたび右大臣に任じられたことから、準清華家《せいがけ》の扱いを受け、朝廷にも大きな影響力を持っていた。

「そちの姉が嫁いだ稲葉一鉄《いってつ》との間にできた娘が、斎藤内蔵助《くらのすけ》の継室であったであろう」

「さようでございますが、姪《めい》がなにか」

確認された三条西公国が怪訝な顔をした。

「そちは怖くないのか」

「なにがでござりましょう」

問いかけに答えず、質問で返してきた近衛前久に、三条西公国が戸惑った。

「前右府が怖くないのかと訊いておる」

「それは……」

三条西公国が目をそらせた。

「前右府がなぜ今上帝のご譲位を認めなかったのか。麿はその意味がなくなったからだと思っておる」

「ご譲位の意味がない……」

近衛前久の一言で、なにを伝えようとしているか、それを汲《く》み取れないようでは、朝廷という名の伏魔殿で、大臣一歩手前の大納言という高官にまでは昇れない。

すぐに三条西公国の顔色が変わった。

「我らに味方はおるか」

「それはおりましょう。毛利、上杉、ああ島津は近衛さまの被官の出でございました」

必死で三条西公国が指を折った。

三条西公国が大名の名前を羅列するのを近衛前久は黙って聞いていた。

「……これだけおれば」

「間に合うのかの、そやつらは。島津は九州の果て、上杉は同盟の武田を失い風前の灯火、毛利は織田に攻められて領国の半分近くを奪われた。もし、明日前右府、いやもう官職は要るまい、織田信長が朝廷を襲ったとして」

「………」

三条西公国が言葉を失った。

「守るべき兵もなく、織田の背後を脅かすはずだった松永久秀、荒木村重、石山本願寺、波多野秀治もおらぬ。朝廷は一日と保つまい」

「帝を襲うなど、天が許しませぬ」

近衛前久の論を三条西公国が否定した。

「本気でそれを申しておるのか。ならば、麿は人選をまちがえたことになる」

冷たい目で近衛前久が三条西公国を見た。

「ひっ」

「口にするのも畏れ多いことながら、過去、廷臣のつごうで命を絶たれた帝はおられたな。蘇我馬子《うまこ》に害された崇峻《すしゅん》天皇、眉輪王《まよわのおおきみ》に弑された安康《あんこう》天皇……」

「お止めくだされ」

指を折る近衛前久に三条西公国が悲鳴をあげた。

「言わずともわかろうが、天皇家が途絶えたとき、我ら公家も消え去る。信長にとって、公家など邪魔以外のなにものでもないからの」

「ごくっ」

三条西公国が唾を呑む音がした。

「もう、ときがない。上杉が、毛利が織田に屈したとき、二千年の歴史を誇る朝廷は灰燼に帰すことになる」

「防ぎようは……」

「なんのために、麿が稲葉の名前を出したと」

「稲葉一鉄はもう隠居いたしておりまするぞ」

近衛前久の言いように、三条西公国が逃げようとした。

「姪の婿がおろう。明智日向守が与力、斎藤内蔵助が」

淡々と近衛前久が述べた。

斎藤内蔵助利三《としみつ》は、美濃斎藤氏の一族である。ただし、美濃の戦国大名であった斎藤道三とはかかわりはない。もともとは美濃の国人領主ではなく、幕府奉公衆として京で働いていた。

しかし、幕府の衰退によって京を離れ、摂津などを放浪した末美濃へ戻り、父斎藤道三を討って国を奪った義龍に仕えた。主家である斎藤家が織田信長によって駆逐された後、舅の稲葉一鉄を頼ったが、折り合いが悪くなって退身、幕府奉公衆時代の同僚明智光秀のもとへ身を寄せた。

「斎藤内蔵助は、明智日向守の信頼も厚く、筆頭家老の地位にあるらしいの」

「そのようでございまする」

近衛前久の確認を三条西公国が認めた。

「ですが、日向守は引きあげてくれた前右府への忠義が強うございましょう」

幕府奉公衆になる前、牢人、国人領主の家臣、朝倉の客分などを経て、信長に拾われた明智光秀は、一国の大名に匹敵する待遇を与えてくれている信長に信服している。とても織田征討の旗は揚げまいと、三条西公国が首を横に振った。

「日向守は京を守護する役目に忙しく、あまり国元にも帰っておらぬようじゃし、配下の将兵との交流も少ないというではないか」

「……………」

何度目かの沈黙を行使した三条西公国を、近衛前久は無視して話を続けた。

「日向守の領地は、近江の坂本と丹波。どちらも京に近い。半日ほどで兵を京へ届かせられる」

近衛前久がふっと三条西公国から、目を離した。

「前関白さま……」

三条西公国が汗を滝のように流し始めた。

さらに近衛前久が続けた。

「朝廷を滅ぼすということは、その係累も対象になろうよのう。それが配下であろうともの」

近衛前久が三条西公国へ目を戻した。

「徳川ではいけませぬか。嫡男を死なせており、恨んでおりましょう」

「京にそれだけの兵を出す名分がない。今から誘うにはときがなさすぎる」

余裕はもうないのだと近衛前久が告げた。

「そろそろそなたも家格をあげたいであろう」

感情のない声で近衛前久がささやいた。

あっけないほどもろかった。

織田信長は武田家の滅亡を遠く美濃岩村城で聞いた。

「あれほど強大であった武田が……ひと月ほどで滅びるとはの」

天正十年二月三日に陣触れを出して、三月十一日には終わっている。

今回の武田攻めは、そのすべてを信忠に預け、信長は甲州に足を踏み入れてさえいない。

「勢いを失った大名の末路は哀れよの」

一度は武田に滅ぼされるかとも思った。信長をして、今川義元以上の恐怖に陥らしめた武田は、この世から消された。

織田が消したのだ。

「武田信玄がいなくなっただけで、この有様じゃ。余も気をつけねばならぬ」

信長は武田を他山の石とすべきだと、身を引き締めた。

「ようやく信忠にも人が集まり始めている」

信長の傀儡、飾りとして見られていた信忠だったが、各地を転戦し多くの手柄を立てることで配下の部将の信頼を得ている。

　さすがに信長には及ばないが、明智光秀、羽柴秀吉、柴田勝家ら、織田の宿将と肩を並べるだけの軍団を信忠は差配している。

「残る上杉と毛利らを片付ければ、天下は織田のもの。そのとき、余は神になる」

　信長が目つきを鋭いものにした。

「京はもう死んだ都じゃ」

　人々が憧れる京を信長は否定した。

「何百年と積み重なったしがらみが、京の首を絞めてしまった。京を都としている限り、天下は治まらぬ。新たな都、新たな宮城でなければ、この国は負ける。我らの知らぬ武器を使う南蛮に攻められたら防げぬ」

　信長は首を横に振った。

「都に万民の心がない。朝廷に誰もなにも期待していない。なればこそ、切支丹などにはまり、南蛮の手先に墜ちるのだ。心の隙を突かれぬだけの希望を生むには、新たな都、新たな神が要る。天皇に代わる心柱《しんばしら》が」

　南蛮の侵略を怖れた信長は、天下を一つにして抗おうと考えていた。

安土城に戻った信長のもとに、毛利と対峙している羽柴秀吉から、伝令が来た。

「高松城を水攻めにいたしましたところ、毛利本国より小早川《こばやかわ》、吉川《きっかわ》を伴って毛利右《う》馬頭《まのかみ》どの御出陣なさるとのよし」

「よくぞ重き毛利の腰を浮かせた」

信長が膝を打った。

「本国へ籠もられては、面倒であったが……野戦での決着ならば我がほうの勝ちよ」

毛利の基礎を作った元就《もとなり》の遺言で、当主が本国を離れることは滅多になく、いくら前線を叩いても降伏まで持ちこむのは難しかった。

「野戦となれば、さほどかかるまい。上杉はもう少しかかるだろうが……」

上杉の兵は武田と並んで精強である。上杉を相手にしている柴田勝家らも、何度となく手痛い目に遭っていた。

しかし、武田があっさりと崩壊したように、上杉の抵抗も遠からず終わる。

「残るは三河守か」

信長の目つきが鋭いものになった。

敵は滅ぼせばいい。

問題は味方あるいは配下にあると信長は思い知らされていた。

古くは弟、叔父、妹婿などの一門、近くは松永久秀、荒木村重、別所長治ら信長の勢いに膝を屈した者。

信長に取って代わろうとするか、その覇道についてこられず、敵対した。

それらを信長は力で、策謀で蹴散らしてきた。

「敵とわかっている連中より面倒だ」

いつ獅子身中の虫に変わるかわからない味方こそ、信長の足を引っ張る。

「三河守がどう出るか」

信長は同盟を組んで長い徳川家康を警戒していた。

「吾は西へ進む、竹千代は東を望め」

今川義元の死で、ともに一息吐いた信長と徳川家康は手を取り合って、戦国乱世を生き抜いてきた。

織田信長と徳川家康の同盟は、どちらにとっても生き残るための手段であった。

美濃を攻略したい信長、遠江から駿河を欲した徳川家康、どちらもあのころは一国をかろうじて支配できているかどうかといった小領主でしかなかった。

それが信長は天下人まで後一歩、徳川家康は駿河、遠江、三河三国を領する大名にまでのしあがった。

しかし、もとは同じていどの国力であった両者に大きな差を生じさせたのは、武田信玄と直接国境を接したかどうかであった。

日の本最強の武田と直接対峙しなければならなかった徳川家康は足止めを食らい、その徳川を盾にできた信長は西へ伸びることができた。

ようやく武田は信長によって滅ぼされたが、徳川家康にしてみれば遅きに失した。

いつのまにか、徳川家の領土は織田かあるいは信長に与した味方の大名によって囲まれ、進展する余地がなくなっていた。

「あやつは子供のときに人質として出されたからか、感情を表に出さぬ」

すぐに怒ったり、笑ったりする信長と、徳川家康は感情表現も正反対であった。

「三国で我慢するというのならば、見逃してやる。さもなくば……」

信長は朝廷を潰すときに、徳川家康がどう動くかを気にしていた。

「地縁のある領国から離しておくべきだな」

安土城最上階天上の間で、信長が独りごちた。

終章

織田と徳川の天敵だった武田家が滅亡した。

「これでもう天下に敵はなし。祝おうぞ」

五月十五日、信長は徳川家康を安土に迎えて、宴会を催した。

「毛利と対陣」

十七日、羽柴秀吉から報せが着いた。

「きんか頭、そなたが一番近い。丹波の兵を出す準備をいたせ」

信長は徳川家康の接待役だった明智光秀に出陣を命じた。

不意の接待役交代に徳川家康が気を遣った。

「拙者もお手伝いを」

「いや、三河守は武田のことで疲れておろう。なあに、毛利づれなど、そなたの手を借りるまでもなし」

申し出を信長は断った。

「ゆっくりと上方を楽しむがいい。堺などもよかろう。南蛮人が居着いている堺には、天下でもあそこでしか見られぬものもある」

信長は徳川家康をねぎらう振りをしながら、本国から離し、出兵を遮った。

「では、お言葉に甘えて」

徳川家康は六日間続いた安土での宴席を終えて、上方へと旅立っていった。

「……好機ぞ」

安土城の天主閣から、それを見ていた信長が静かに嗤った。

朝廷はいつまでも、信長の要求である、嫡子信忠に対する姫宮の降嫁をおこなおうとしない。

「人生五十年ならば、四十九歳の余にはあと一年しかない。盤石な天下を子孫たちに遺すには、猶予はない」

信長はついに決断した。

「血での征服などという悠長な策は、余にはやはり合わなかったわ」

短気な信長が何代も先を待つなど、どだい無理であった。

「四国征伐のための軍勢が浮いている」

長宗我部元親が膝を屈した今、四国も信長のものとなった。

「三七」

信長が三男神戸三七郎信孝を密かに呼んだ。

「京を発ち播磨に入ったところで、余が報せる。さすればそなたは兵を率いて、京を襲え」

「京を……」

「焼け。人も建物も何一つ残すな。二度と京が都に戻れぬようにな」

呆然とする神戸信孝を信長が見つめた。

「これを成し遂げたら、そなたは織田三七郎信孝と名乗れ」

織田の籍に戻してやると信長が告げた。

信長にとって、神戸、北畠といった名跡《みょうせき》は、もう意味をなさなくなっていた。

まだ尾張、美濃、近江の三国を支配したばかりで、足下に近い伊勢をなんとしてでも手に入れなければならなかったころだから意味があったのだ。

伊勢という国は、日本中の崇敬を集める伊勢神宮を擁しているためか、名門意識が強い。とくに北伊勢の神戸、南伊勢の北畠は、そのきらいがあり、尾張の国主斯波氏の重臣で尾張下四郡の守護代でもある織田家の家老という、陪臣の陪臣の出でしかない信長など、端から相手にしていない。

当然、それら名門に従っている国人領主も、信長の誘いに乗ってこず、伊勢攻略は遅れに遅れた。

ならばと信長は、戦いでそれらの名門を屈服させ、跡継ぎとして息子たちを押しつけ、家ごと乗っ取ったのだ。

お陰で伊勢国は手に入った。つまり、当時としては正しい手法であった。

しかし、天下を我がものにしようというときに、伊勢でしか通用しない名前など意味はない。それよりも、織田という名前のほうが、今では天下に対して重い。

もう、地方の名門など、信長から見れば価値のないものに墜ちていた。

事実、信長はこれから攻略するべき九州の名門、惟住《これずみ》、惟任らの名跡を、丹羽長秀、明智光秀に名乗らせている。

息子ではなく、家臣にしたところからわかるように、名門の血筋など織田よりも下だと宣言したのだ。

「兄者は……」

神戸信孝が訊いた。

「茶筅丸か、あれは使えん。北畠のままでよい」

問われた信長が吐き捨てた。

次男北畠信意《のぶおき》を、信長は役立たずだと断じた。

信長の次男北畠信意は、失策の固まりのような男であった。

まず、娘婿に入った先の北畠が、信長に敵対するのを防げなかった。さらに、戦を預けるとまず負けてくる。

なにより質《たち》が悪かったのは、信長の指示も待たず、勝手に伊賀へ襲いかかり、一万をこえる兵を損失させたことだ。

「この、たわけ」

報告を受けるたびに信長は激怒、北畠信意を殴り、蹴り飛ばしたが、一向に変わらなかった。

「あやつは生涯北畠じゃ。あやつに子ができても、織田は名乗らさぬ」

「おおっ」

神戸信孝が歓声をあげた。

ともに信長の子でありながら、神戸信孝はいつも北畠信意の後塵《こうじん》を拝させられてきた。というのは、神戸信孝の母の身分が、北畠信意の母よりもはるかに低いからである。

北畠信意は、嫡男信忠と同じ生駒の方から生まれ、神戸信孝は坂《さか》氏という出自もあきらかでない女の腹から出た。

この差は大きく、実際は神戸信孝が先に生まれていたにもかかわらず、同時期に妊娠していた生駒の方に遠慮して、出産の報告を遅らせ、次男のはずが三男にされたりしている。

他にも待遇には差があり、信孝の養子先の神戸氏は、信意の継いだ北畠氏の影響下にあった。ようは格下であった。

それを逆転できると神戸信孝が興奮した。

「すでに万千代には、話をしておる。とくと言うことを聞け」

万千代とは、信長の幼なじみでもある譜代の重臣丹羽長秀のことだ。

信長はもっとも信頼する丹羽長秀にだけ、かなり前から、信忠に降嫁がなければとの話をしていた。

「ゆめゆめ、油断するな。しくじったときは……」

「命に代えても」

父の恐ろしさは身にしみている。神戸信孝が強く首肯した。

神戸信孝は五月二十七日、一万四千の将兵を率いて大坂へ向かった。

大坂では二万近い兵を従兄弟《いとこ》にあたる津田七郎兵衛《つだしちろべえ》信澄《のぶずみ》が用意していた。

「三七郎さま」

「大儀」

神戸信孝は、津田信澄を一言であしらおうとした。

「お待ちを……」

津田信澄が呼び止めた。

「なんじゃ。余は忙しい」

不快そうな目で、神戸信孝が津田信澄を見た。

「四国を攻めるとの御諚ではございまするが、長宗我部は吾が舅を通じて、上様へ従うと申してきたはずでございまする」

津田信澄が神戸信孝へ問うた。

「そうか、そなたは聞かされておらぬか。無理もないの。謀叛人の息子じゃ。秘事を預けられるほどではない」

神戸信孝が嘲笑を浮かべた。

津田信澄は、信長と家督を争った同母の弟信行の息子であった。

信長が信行を誅殺したとき、まだ幼かった息子たちを憐《あわ》れんで罪を問わず、柴田勝家に預けた。それもあり、織田ではなく、由縁ある津田の姓を名乗っていた。

武将としての質は高く、信忠の将としてその補佐を務めていたが、石山本願寺退去の後始末を任されて以降、大坂を預けられていた。

「なにをっ」

誠心誠意、父のしでかした過ちを償おうと努力してきた津田信澄の胸に、信孝の言葉は刺さった。

「知らぬならば、黙って従え」

神戸信孝は父から期待されたと思いこみ、舞いあがっていた。

「兵を船に乗せるな」

「船に乗せず、どうやって四国へ……」

「油を兵たちに持たせよ」

津田信澄の疑問を無視して、神戸信孝が指示を続けた。

大坂から淡路を経て、長宗我部の支配がまだ完全ではない讃岐へ上陸、そう聞かされていた津田信澄が神戸信孝の指示に疑問を感じた。

「油を持たせろ……どこを火攻めにするというのだ。まさか、上様は四国ではなく、高野山を攻めるおつもりか」

津田信澄が顔色を変えた。

高野山は去年から織田信長に敵対を始めている。また、高野山の攻略をする軍勢の総大将は、神戸信孝であった。

「それならば、大坂へ指示があるはずだ」

四国攻めを中止し、高野山へ兵を送れとの指図があるとすれば、信長あるいは家督を継いだ信忠から、津田信澄へ届けられる。それがないことに津田信澄は首をかしげた。

「義父どのに尋ねてみるか」

津田信澄は信長の信頼が厚い舅明智光秀へと使いを出した。

安土城を離れ、二十九日、亀山《かめやま》城で明智光秀は、丹波を預けている斎藤内蔵助利三と打ち合わせをしていた。

「兵は一万三千でよろしゅうございましょうか」

斎藤内蔵助が報告した。

「うむ。進発前に余が閲兵をいたす。ここまで来させよ。小荷駄は用意でき次第、備中へ向けて出せ。ただし、羽柴どのの窃取に気をつけよ。あの御仁は掠《かす》め取るのがうまい」

「承知いたしましてございまする」

明智光秀の手配に斎藤内蔵助がうなずいた。

「畏れ入りまするが……」

そこへ津田信澄からの書状が届けられた。

「婿どのからか……なんであろう」

思い当たる節がないと明智光秀が首をかしげつつ、書状を開いた。

「……むう」

明智光秀がうなった。

「いかがなさいました」

「……どう思う」

信頼している重臣の手に、明智光秀が書状を渡した。

「これはっ……やはり」

津田信澄からの書状を読んだ斎藤内蔵助の顔色が変わった。

「待て……やはりとはなんだ」

明智光秀が聞き咎めた。

「畏れ入りまするが、そのわけをお話しする前に、ご一緒いただけませぬか」

「どこへついてこいと申すのだ」

斎藤内蔵助の求めに、明智光秀が怪訝な顔をした。

「前関白近衛さまのお屋敷へ」

「……わかった」

少し逡巡《しゅんじゅん》した明智光秀だったが、そうでなければ話はしないという斎藤内蔵助の固い意志を感じ、認めた。

他聞をはばからんと、一行は明智光秀と斎藤内蔵助にわずかな警固の者だけで、近衛前久の屋敷へ向けて駆けた。

すでに畿内は完全に織田のものとなり、野盗も反織田の残党も出てこない。

明智光秀らは、支障なく近衛前久の前に顔を出した。

「どういたしたのでおじゃるかの」

近衛前久がわざとらしく首をかしげてみせた。

「殿、よろしゅうございますな」

「……かまわぬ」

書状を見せてもいいなと確認した斎藤内蔵助へ、明智光秀がゆっくりうなずいた。

「これを読めと申すのかの……ああ、やはり」

読んだ近衛前久が斎藤内蔵助と同じ反応を見せた。

「ご存じのご様子、ならばお話しいただきたく」

「わからぬか。織田前右府は、四国ではなく別の場所を焼き討ちするつもりなのじゃ」

問いかけた明智光秀に近衛前久が告げた。

「別の場所……どこでございましょう」

より疑問が増えたと明智光秀が重ねて質問した。

「洛中よ」

淡々と近衛前久が述べた。

「へっ……」

予想していなかった答えに、明智光秀が間抜けな反応をした。

「聞こえなかったか。前右府の狙いは朝廷じゃ。あやつはとうとう本性を現した」

「上様がそのようなことを……」

もう一度言われても明智光秀は信じられなかった。

「話をしてやれ」

近衛前久が、三条西公国が聞かされた話を明智光秀にも教えろと斎藤内蔵助へ命じた。

「はい。殿、上様は……」

「……馬鹿なっ。そのようなことは……」

聞いた明智光秀が顔色を変えて否定した。

「ないと言いきれるか」

「…………」

近衛前久に問われた明智光秀が黙った。

「それに、そなたも危ないのだぞ」

「なにがでございましょう」

明智光秀が首をかしげた。

「気づいておらぬのか。そなたがなぜ毛利のもとへ行かされるのだ」

「それは、吾が領地が中国に近いからでございましょう」

「左中将《さちゅうじょう》も出るのに、そなたまで要るのか」

織田左近衛中将信忠の軍勢は、武田氏征伐でもほとんど損耗せず、十全の状態にある。

「たしかにそなたの領地、丹波よりも、左中将の領地美濃と尾張は遠いが、三日も変わるまい。なにより、前右府は左中将に手柄を立てさせたがっているのだぞ。武田の次に毛利を滅ぼしたとあれば、前右府の跡継ぎとしての資格は十分になる」

「たしかにさようではございまするが、なればなぜわたくしに」

明智光秀が訊いた。

「そなたなら、鞆《とも》におる公方も会おう。理由ならいくらでもできる。挨拶だとか、帰京の相談だとか」

近衛前久が、かつての家臣明智光秀ならば足利義昭も目通りを許すだろうと言った。

「会えれば……後は言わずともわかろうが」

「……まさかっ」

明智光秀が絶句した。

信長に合戦を挑んで負けた足利義昭は京を追われたが、征夷大将軍の地位はそのまま維持していた。

当初河内の妹婿三好義継のもとに身を寄せていたが、堺などを経て鞆の浦へと移動、毛利を頼り幕府を維持していた。

もちろん、有名無実の幕府でしかないが、一応名目だけはある。日課のように足利義昭は、謀叛人織田を討てと全国の大名に檄文を発したが、それに応じる者などいるはずもなかった。

当初こそ、足利義昭を奉じていた毛利でさえ、織田によって領国を削られた今では、腫れ物に触るようにしだした。

織田と和睦をしようにも、足利義昭を庇護している限り、信長がうなずくはずはない。

「毛利も頼りにならぬ」

足利義昭も毛利の雰囲気は理解している。

「ひょっとすると、公方から呼び出しがあるやも知れぬ。公方最後の賭けじゃな」

「……ごくっ」

この状況で近衛前久がなにを言っているのかわからないほど、明智光秀は鈍くない。

「いや、そんなことは……」

「ないと言えるか」

必死に否定しようと首を横に振る明智光秀に、近衛前久が真剣な顔を見せた。

「徳川三河守を接待していた途中で、その役目を外されるなどあり得ようか。食材、酒の手配などが無駄になっただけではない。大慌てでそなたは軍勢を集めなければならなくなった。それもただ戦場に近いという理由で、先日まで波多野に従い織田に逆らっていた丹波の兵をだ」

「………」

明智光秀は反論できなかった。

「織田の先陣が毛利に負けそうだというならば、急ぎというのもあろう。しかし、そうではなかろう。なにせ、あの前右府が安土でのんびりしておる。三好が本圀寺を襲ったとき、浅井に裏切られたとき、あれほど素早く動いた前右府がだ」

近衛前久がさらなる毒を追加した。

「殿、謀叛人、大逆人の汚名を着た者の末路はご覧になりましたでしょう。三好は京を押さえていながら、十三代将軍足利義輝公を害したために名分を失い、味方だった者、配下にも裏切られ、滅びの道を進みました」

斎藤内蔵助が明智光秀を説得した。

「何度も何度もその機がありながら、織田前右府さまは公方さまを討たれませなんだ。それは天下が将軍殺しを嫌うからでございまする。しかし、もうそれを前右府さまは気にされなくなられた。将軍殺しなど朝廷焼き討ちに比べれば、さほどの大事ではございませぬ」

近衛前久だけであったら、明智光秀は落ちなかった。しかし、信頼する家老斎藤内蔵助利三の言葉に心が揺らいだ。

「………」

「お討ちになれますか、公方さまを」

黙った明智光秀に斎藤内蔵助が問うた。

かつて明智光秀は足利義昭の直臣であった。朝倉にいたころから上洛するまで供をし、人がましい生活ができたのは足利義昭のお陰であった。後、信長に誘われてその家臣となったが、長く仕えてきた情はあった。

「できなければ……殿が捨てられますぞ。上様は役に立たぬ者を嫌われる。林さま、佐久間さま、安藤さま」

斎藤内蔵助が例を挙げた。

「これは試金石じゃ。そなたが織田を選ぶか、足利いや朝廷を選ぶか。前右府は、それを見ておるぞ」

近衛前久もたたみかけた。

「将軍殺しの汚名を着て、生涯さげすまれながら生きるか、朝廷を将軍を救って、天下に名を残すか」

そこで近衛前久が一度言葉を切った。

「主上も決断された。密勅であるが、織田は朝敵となった」

「なっ」

正親町天皇が信長を討てと命じたとの話が、真実かどうかを確かめる手段のない密勅という言葉が、明智光秀に止めを刺した。

「足利義昭がおるゆえ、征夷大将軍にはしてやれぬが、近衛大将の座をくれてやる」

近衛前久が最後に利を呈した。

天正十年六月一日朝、安土を出た織田信長は未刻《ひつじのこく》（午後二時ごろ）過ぎ、京六角本能寺へと入った。

「いよいよ天下布武じゃの」

すぐに近衛前久が現れ、茶会となった。

「天下静謐には武が要る」

信長が暗に、朝廷が軍事を捨てたことこそ、天下騒擾《そうじょう》の原因だと非難した。

「神は血腥きを嫌うものぞ」

近衛前久が天皇は神であり、冒すべからずだと遠回しに信長を制した。

「神がおれば、戦など起こるまい。起こせば神罰が下るからの。それがないからこそ、乱世になった」

天皇は神ではないと信長が反論した。

「……なんにせよ、武運をな」

近衛前久が席を立った。

「そういえば、左中将はどうした」

「菅九郎は、誠仁親王のもとに行かせた」

信忠は二条御所にいると信長が答えた。

二条御所は京の滞在先として信長が造った後、誠仁親王へ献上されていた。

「そうか。左中将を誠仁親王のもとへなあ。護衛かの。まあ、左中将にも武運あれ」

近衛前久が手を振り、茶会は終わった。

「前右府はここに、左中将は二条御所におる」

本能寺を出た近衛前久が、従者を明智光秀のもとへと走らせた。

わざわざ近衛前久が本能寺を訪ねたのは、信長に翻意を促す意味合いと、確実に居場所を特定するためであった。

攻めたはいいが、信長はいませんでしたでは、策は失敗になる。もし、信長を逃せば、それこそすさまじい報復が始まる。明智光秀はもとより正親町天皇、公家らも根切りになる。

「左中将に誠仁親王を押さえさせるつもりか。ふん、それも一夜の夢、朝には醒《さ》める。

天下を取る夢を見るがいい、信長よ。そなたの夢は天下の悪夢じゃ。そのような夢など幻にせねばならぬ。そのために死ね、信長」

近衛前久が感情のない声で独りごちた。

六月二日未明、本能寺は紅蓮《ぐれん》の炎に包まれ、二条御所は戦場となった。

信長に殉ずる形で嫡男信忠も死に、織田は衰退の一途をたどる。信長が望んだ天下の継承はならなかった。

桶狭間で生き延びてから二十二年、戦国を駆けた男は四十九歳でその夢を終えた。

ただ菅九郎の死を知らずにすんだだけ、信長は家康より幸せだったのかも知れない。

解説

細谷正充

本を開いて目次を見る。〝第一部「夢の天下」徳川家康《とくがわいえやす》〟〝第二部「幻の天下」織《お》田信長《だのぶなが》〟と書いてある。なるほど、二部構成の戦国小説で、第一部の主人公が徳川家康、第二部の主人公が織田信長なのか――。そう思いながら作品を読む。

……いや、たしかに二部構成なのだが、作者の上田秀人は、とんでもないことをやっていた。第一部と第二部のどちらもが、独立した長篇として読めるのだ。それなのに互いの物語の内容が響き合い、テーマを際立たせている。読み終わった後の満足感は抜群だ。執筆意欲が旺盛なことで知られる作者だが、長篇二篇を併せて、ひとつの作品にしてのけるとは！　一作で二度美味《おい》しい。そして本を閉じた後には、ひとつの大きなテーマを受け取れる。実に実に贅沢《ぜいたく》な作品なのだ。

本作『夢幻』は、「読売新聞オンライン」に二〇一九年二月一日から翌二〇年二月七日まで連載。単行本は中央公論新社から、二〇二〇年十二月に刊行された。第一部は、堺《さかい》から京都に向かう途中の徳川家康のもとに、明智光秀《あけちみつひで》の謀叛《むほん》により織田信長が弑《しい》されたとの凶報がもたらされる場面から始まる。本能寺《ほんのうじ》の変だ。織田と徳川は同盟関係にあり、信長の死によって自身も窮地に陥ったと悟った家康は、絶望して腹を切ろうとする。しかし家康は跡継ぎを指名しておらず、自分が亡くなれば徳川家が割れてしまう。家臣の説得もあり、本領の三河まで帰ることを決めるのだった。この帰還までの道中が、家康の生涯三大危難のひとつといわれる〝伊賀《いが》越え〟である。

　という「序章」と第一章の冒頭を経て、物語の時間軸は、松平竹千代《まつだいらたけちよ》といわれた家康の少年時代まで遡る。もともと東海の雄である今川《いまがわ》家の人質になるはずだった家康だが、彼を駿河に運ぶはずだった戸田康光《とだやすみつ》の裏切りにより、織田家の人質になった。ところが、人質生活が二年目に入ったところで、家康の父親の広忠《ひろただ》が、家臣に殺されてしまう。かつて祖父の清康《きよやす》も家臣に殺されている。二代続けての凶事により、松平家は衰微。織田家における家康の扱いは、型破りな信長に与えられた、おもちゃのようなものである。

　その後家康は、曲折を経て今川家に引き取られるが、ここでも人質同様の生活をおくる。今川義元《よしもと》の命《めい》により、彼の姪《めい》の瀬名《せな》を妻にするが、別に優遇されているわけではない。義元は家康の家臣である三河《みかわ》者たちを、今川の戦に駆り出すのだ。役に立てばよし、役に立たなくて、すり潰されるようなら、三河を乗っ取るだけである。義元の底意は分かっているものの、家康は耐えるしかない。さらに瀬名との夫婦仲も、よくなかった。義元の姪である彼女は気位が高く、家康を下に見ている。嫡男の信康《のぶやす》

（幼名は竹千代）が生まれるが、当然、今川の血を引いている。成長して家康の後を継いだら、松平は今川に取り込まれた状態になることだろう。

　このような調子で作者は、家康の人生をたどりながら、そのキャラクターを表現していく。幼い頃から人質生活だったため、家族というものがよく分からない。祖父と父親の死に方から、ほとんどの家臣を信用することができない。妻との関係は冷えきっており、息子にも情が持てない。ただ松平の家名と領地を保つため、必死になって生きているのだ。

　そんな状況は、桶狭間《おけはざま》の戦いで、義元が織田軍に討たれても変わらない。独立のチャンスと思い今川家から離れるが、最初の戦に負けて、織田と同盟を組まざるを得なくなる。ところがこの後の信長は、天下を目指して驀進《ばくしん》。どんどん勢力を拡大し、それと比例するように家康の価値は低くなっていく。嫡男の信康が、信長の娘を娶《めと》ったが、まったく安心できない。史実だから書くが、やがて信康が武田勝頼《たけだかつより》と通じているという噂《うわさ》が流れると、信長に忖度《そんたく》して、瀬名と信康を処分するのだった。

　上田作品の一貫したテーマが〝継承〟であることは、周知の事実だろう。しかし継承の形は様々だ。ここにあるのは、徳川の家門と領地の継承のために、あえて血の継承を絶った家康の選択である。少年時代からの家康の過酷な人生と、それによって形成された性格が鮮やかに表現されているから、彼の選択が納得できるのだ。第一部だけでも、読みごたえのある戦国小説だと、多くの読者が感じることだろう。

　だが作者は、これだけでは終わらない。息つく間もなく、物語は第二部に突入する。本能寺の変を描いた「序章」が終わると、やはり時間軸は過去に遡る。信長の愛妾《あいしょう》の吉乃《きつの》が、嫡男の奇妙丸《きみょうまる》（後の菅九郎《かんくろう》）を出産。信長は奇妙丸を織田家の世継ぎとすべく地固めをする。だがそれが、信長の弟・信行《のぶゆき》を担ぎ上げていた連中の危機感を煽《あお》った。前年に続き謀叛を企《たくら》んだが、柴田勝家《しばたかついえ》が寝返り信長に注進。信長は病気を装い見舞いにきた信行を殺すのである。

　面白いのは、このときの兄弟の会話だ。兄が愚かだから謀叛したという信行に信長は、尾張《おわり》の虎と呼ばれた父親・信秀《のぶひで》の跡継ぎの座が辛《つら》かったという。父と比べられぬように、愚かな真似《まね》をしていたのだ。信長の苦しみを知った信行は、納得して兄の手にかかる。信長を主人公とした作品は無数にあるが、このような書かれ方は初めてだろう。そういえば第一部の三河一向一揆《いっき》の段で、家康の家臣の本多正信《ほんだまさのぶ》が出奔した理由にも、新たな解釈が与えられていた。こうした史実に対する独自の解釈も、上田作品の魅力になっているのだ。

　身内とのゴタゴタに時間を取られたが、早くから信長は天下を睨《にら》んでいた。また、父親の存在がプレッシャーとなっていたことから、嫡男の菅九郎を大切に育てた。世継ぎである菅九郎と、ふたりの弟たちの扱いを、徹底的に変えているのだ。さらに帝王学ならぬ天下人学というべきか、自分の跡を継いで天下を治められるよう、懇切丁寧に教育するのである。そこに込められた想いは、どのようなものか。作者は、

「信長の考えた未来は、力と権威を織田家に集約し、永遠にこの国に君臨するというものであった」

と記している。信長から菅九郎への諸々《もろもろ》の継承は、その第一歩になるはずだった。しかし信長は、天下人の座を目前にして、本能寺の変により死亡する。本能寺の変については、実行した光秀の背後に黒幕がいたという説が根強くある。何パターンもある黒幕説から、作者がチョイスしたのは、オーソドックスなものだ。だが、光秀謀叛の最後の一押しに、やはり独自のエピソードを入れて、興味深く読ませてくれる。これだから上田作品は面白くてたまらないのだ。

やはり史実だから書いてしまうが、信長が死んだ後、父親に殉ずるように菅九郎も死ぬ。信長の夢見た〝無限〟に続く織田の世は〝夢幻〟になってしまったのだ。家康が血の継承を断念する原因となった信長も、自身の継承に失敗する。無情なことである。

しかし彼らの失敗を他人事《ひとごと》とは思えない。なぜなら私たちも、人類による血の継承

の結果として、今、ここにいるのだから。自分の血・財産・家名などを子供に継承させたいというのは、人間の本能であろう。時代を超え、さまざまな形で継承は繰り返される。だから、ふたりの継承の結果と、そこに至る戦国ドラマが響き合い、私たちに深い感銘を与えるのだ。

それにしても第二部には、驚くほど家康が出てこない。ここに信長から見た家康の価値が表現されている。第一部で、あれほど信長を怖れ、妻と嫡男の命まで差し出したというのに、肝心の信長は家康を、手駒としか思っていないのだ。北条《ほうじょう》が織田に膝を屈し、徳川の重要性が低くなると、「思ったより役立たずであったしな。徳川は」と呟《つぶや》くのだから、家康も救われない。戦国のリアルといってしまえばそれまでだが、第一部があるからこそ、家康と信長の温度差が際立つ。二部構成にした理由のひとつは、ここにもあるのだ。

なお作者は、二〇一七年の『翻弄』で、偉大な父親を持つ長宗我部《ちょうそかべ》盛親《もりちか》と徳川秀《ひで》忠《ただ》の運命を描いた。また、二〇二二年の『継ぐ者』では、本作の第一部で扱われた家康と信康の関係を、さらに掘り下げている。本作と併せてお薦めしたい。そして継承をテーマとした、上田秀人の描く戦国乱世を、存分に堪能していただきたいのである。

（ほそや・まさみつ　文芸評論家）

初　出　「読売新聞オンライン」二〇一九年二月一日〜二〇二〇年二月七日
単行本　『夢幻』二〇二〇年十二月　中央公論新社刊
本書は右単行本の第二部を加筆修正したものです。

中公文庫

夢幻《むげん》（下《げ》）

2023年７月25日　初版発行

著　者　上《うえ》田《だ》秀《ひで》人《と》

発行者　安部順一

発行所　中央公論新社

〒100-8152　東京都千代田区大手町1-7-1
電話　販売　03-5299-1730　編集　03-5299-1890
URL https://www.chuko.co.jp/

ＤＴＰ　平面惑星
印　刷　大日本印刷
製　本　大日本印刷

Published by CHUOKORON-SHINSHA, INC.
Printed in Japan　ISBN978-4-12-207388-3 C1193

各書目の下段の数字はISBNコードです。978－4－12が省略してあります。

中公文庫既刊より

う-28-8
新装版 御免状始末 闕所物奉行 裏帳合㈠　上田秀人
遊郭打ち壊し事件を発端に水戸藩の思惑と幕府の陰謀が渦巻く中を、著者史上最もダークな主人公・榊扇太郎が剣を振るい、謎を解く！　待望の新装版。
206438-6

う-28-9
新装版 蛮社始末 闕所物奉行 裏帳合㈡　上田秀人
榊扇太郎は闕所となった蘭方医、高野長英の屋敷から、倒幕計画を示す書付を発見する。鳥居耀蔵の陰謀と幕府の思惑の狭間で真相究明に乗り出すが……。
206461-4

う-28-10
新装版 赤猫始末 闕所物奉行 裏帳合㈢　上田秀人
武家屋敷連続焼失事件を検分した扇太郎は改易された出火元の隠し財産に驚愕。闕所の処分に大目付が介入、大御所死後を見据えた権力争いに巻き込まれる。
206486-7

う-28-11
新装版 旗本始末 闕所物奉行 裏帳合㈣　上田秀人
失踪した旗本の行方を追う扇太郎は借金の形に娘を売る旗本が増えていることを知る。人身売買禁止を逆手にとり吉原乗っ取りを企む勢力との戦いが始まる。
206491-1

う-28-12
新装版 娘始末 闕所物奉行 裏帳合㈤　上田秀人
借金の形に売られた旗本の娘が自害。扇太郎の預かりの身となった元遊女の朱鷺にも魔の手がのびる。江戸闇社会の掌握を狙う一太郎との対決も山場に！
206509-3

う-28-13
新装版 奉行始末 闕所物奉行 裏帳合㈥　上田秀人
岡場所から一斉に火の手があがった。政権返り咲きを図る家斉派と江戸の闇の支配を企む一太郎が勝負に出たのだ。血みどろの最終決戦のゆくえは⁉
206561-1

う-28-14
維新始末　上田秀人
あの大人気シリーズが帰ってきた！　天保の改革から二十年、闕所物奉行を辞した扇太郎が見た幕末の闇。過去最大の激闘、その勝敗の行方は⁉
206608-3